KB058014

조재훈 문학선집

일러두기

- 제1 · 2권은 시선집이다. 제1권은 미발표 시들 가운데서 최근순으로 가려내고 이를 여섯 권 시집의 형식을 빌려 엮었다. 제2권은 그동안 간행된 네 권의 시집을 발간순으로 모았다.
- 제3권은 1부 동학가요연구, 2부 검가연구, 3부 동학 관련 논문으로 구성되었다.
- 제4권은 1부 백제가요연구, 2부 백제 시기의 문학, 3부 굿과 그 중층적 배면으로 구성되었다.

조재훈 문학선집 2

시선 Ⅱ

시인의 말

한의학의 치료는 약과 침으로 되어 있다. 시간을 요하는 것은 약을 처방하여 약을 짓고 그것을 탕기에 넣어 끓인다. 그러나 급한 것은 360여 개의 혈에서 맞는 혈穴을 찾아 침을 놓는다. 혈에 잘 맞으면 놓자마자 대뜸 씻은 듯이 낫는다. 거기다가 침은 전통적으로 무상이다. 그래서 예로부터 일 침針, 이 약藥이라 했다.

산문이 약이라면 시는 침이다. 그런 침의 시를 쓰고 싶다.

차례

제1시집

겨울의 꿈

| 차 례 |

제5부

제6부

제1부

겨울 낮달

이승에 놓아 둔
무거운 빚을
아직 머리에 이고 계신가요
수척한 산등성이에
숨어 오셔서, 쩔룩쩔룩 숨어 오셔서
핏덩이로 남긴 막내가
배다른 형제들 틈에 끼여
어떻게 섞여 크는가
수수깡 울타리 속에서
배곯지 않는가 보려고
핏기 없는 얼굴로
서성거리고 계시군요
뒷마을 대숲에
온종일 칼바람이 울고
우는 막내의 연 끝에
땀밴 은전 몇 닢을
놓고 계시군요

새벽닭 울 때마다 매양
안개 피어오르는 바다 위로

큰 기침하며 버선발로 오시던
우리 한울님을
여전히 모시고 계신가요
불 끄고 한밤중
홀로 눈물 삭히던 울음,
얼음 아래 나직이 들리고
집 나간 지아비 기둘려
발등 찍어 호미날에 묻어나던
복사꽃 상채기,
머언 연기로 보여요
빈 들이 잠들고
산 하나 경전經典처럼 누워 있는
무심한 이승에
모처럼 나들이 와 계신가요

진달래

사흘 넘겨 연기나지 않던
어린 날 굴뚝에,
와서 울던
굴뚝새

미역국에
하얀 이밥 한 그릇 먹기
평생 소원이던
울 엄니
무덤에
펄펄 날리는
창백한 눈발을 아는가

굶어 누우런 골마다
활활 산이 타오르고
염병이 돌아, 염병이 돌아
지잉 징징
밤새 징이 울고

머리맡에

찬물 한 사발
긴 밤을 깁는
고얀 놈, 고얀 놈
할아버지 마른 기침소리 들린다

갑오년이던가
쇠스랑 메고 조선낫 들고
황토 벼랑 기어오르던
남정네 콸콸 솟던
피, 지금도 우렁우렁 살아 우는 피로
삼천리 산하에 피었다

누런 보리밭

마디마디 눈물 삭혀
앙상한 뼈
황토에 묻고

천년 묵은 멍이
세 번 재주를 넘는다

목타는 아리랑
넘다가 허기진
고개가 탄다

비틀비틀
베둥걸이
오장육부가 탄다

주리틀린 전봉준全琫準의
피는 떨어져
피어,

발밑에 깔린

낭자한 노을
온통 강산이 탄다

타라
타라
툭툭 터지는
빛진 넋들의 아우성

아리랑

진달래 굽이굽이
피는 강이다
놀빛 울음이 타는
반도 들녘에
밟혀도 밟혀도
일어나는 쑥이다
보릿고개 넘어
옹기전에 옹기그릇 볼 부비듯
옹기종기 모여 살다가
세금에 쫓겨, 총칼에 쫓겨
왜국으로 징용가고
북간도로 달아나던
괴나리봇짐이다
숨어 산 속에서
석달 열흘 배를 채우던
어머니가 눈물로 빚은
마른 떡이다
삼월서 사월로
쓰러진 피 다시 일어나는
아, 잠 못드는 울음이다

겨울산

날은 저물고
이름 모를
어린 새 한 마리
겨울산을 넘는다

가파른 벼랑
쉬지도 못하고
꺼이꺼이 울며
장군처럼 버티고 선
겨울산을 넘는다

집집마다
꽁꽁 문은 잠기고
대추나무 끝에
찢겨져 연이 울 뿐

어깻죽지로
간신히 어둠을 밀어내며
빚더미처럼 쌓인
겨울산을 넘는다

이고 지고 빈손

사십 한평생

울다 간 울 엄니

해 다 진 겨울 저녁

뒤돌아보며, 뒤돌아보며

빈 겨울산을 홀로 넘는다

응달

온 마을 꽃잔치
꽃 물고 뱀 춤추는 뒤란에
조금씩 눈이 쌓여 있었다

소학교 빈 마당
허리 잘린 햇살이
후들후들 떨었다

어쩔거나 어쩔거나
겨우내 가슴앓이
우리 어머님

영 너머
뻐꾹새 울음 번지는
낮달

그믐 굴뚝 아래
신 끌리는 소리 나직이 들렸다

사람이 타는

한 줄기 연기
목메인 듯, 목메인 듯
쓰러진 유월의 들 끝에 보였다

갈꽃

빈 들에
칼 쥔 바람이 뛰어간다

집이 없는 자
천 개의 손이 부서진다

마른 가슴 밑바닥
갈라진 어둠 데불고
기러기 하나

백골보다 허옇게
갈꽃이 날린다
찢긴 책장이 날린다

무엇으로 덮을 것인가
덮을 것인가

부서지는 나무 그늘
떨면서 온갖 이름들이 달아난다

콩밭 매기

텃밭에는 여름해가
언제나 홍역처럼 끓었다
빚은 새끼에 새끼를 치고
밭에는 지심만 늘었다
콩 심은 데 콩은 났지만
떡잎부터 노랗지는 않았지만,
웬일로 호랑이풀이
함성을 지르곤 했다
잡풀을 뽑으면서
온종일 밭고랑에 앉아
뿌리를 모아놓고
한 모금 목을 적시며
담배 연기를 날렸다
둑은 갈수록 허물기 어렵고
행길은 갈수록
내 것이 아니었다
땅거미 진 뒤
돌아오면 빈집에는
어둠이 붉은 눈을 뜨고
웅크리고 있었다

어느 해 겨울

쿵쿵 세상을 흔드는 포성이 울려왔다

B-29라던가, 은종이 같은 비행기가 소리도 내지 않고 떼지어 기러기처럼 지나갔다

한여울 산꼭대기에서 밤마다 울던 호랑이도 도망가고 무리지어 몰려다니던 고라니도 달아났다

젊은이는 일하다 말고 전쟁터로 나가고 젊은 아낙은 핏덩어릴 싸 안고 소리 없이 울었다

침 잘 놓던 김 노인과 학자로 이름 높던 박노인은 늘 어울려 한시를 읊으며 하하허허 웃어쌌더니 의원 노인 양아들 궂서기라고 매 맞아 죽고 학자 노인 막내 인공이라고 총 맞아 죽어 서로 원수 되어 엉엉 울었다

생과부들이 머리 풀고 숨죽여 우는 소리가 가늘게 들렸다

마을 건너 다박솔밭에는 애장을 파는지 여우가 캥캥 밤새 울었다

밤마다 문풍지가 극성맞게 울고, 청솔가지 한 짐 짊어진 채 눈 쌓인 비탈에 쓰러져 코피를 흘렸다

쿵쿵 가까이 멀리 포성이 울 적마다, 염병처럼 소문이 돌고, 흔들리는 집 속에서 쿨럭쿨럭 기침소리가 불빛처럼 새어 나왔다

눈 쌓이는 날

민들레 씨앗
바람에 불려 뿔뿔이
흩어진 정붙이 살붙이
한 백년 만인가
한 방에 모인다
돌아가신 어머니
이마를 짚던
아버지의 두꺼비손
소 같은 눈물도
차례차례 모인다
남의 아내 되어
주렁주렁 엄마가 된 그니도
문을 밀고 조용히 들어온다
배 다른 동생이며
젊은 날의 찢어진 일기들이
우, 우, 바람처럼
오랜만에 모여든다

가을의 서쪽

노을에 길이 묻혀 있었다
동그마니 집 한 채
흔들리며 어둠 속에 사라졌다
가느다란 바람 한 줄기가
절뚝거리며 지나갔다
눈이 퉁퉁 부은 별이
손을 흔들다 흔들다가
돌아가고 있었다
산은 산대로 토막나고
책은 책대로 병이 들었다
장닭이 홰를 치는 흙의 신새벽
손 묶여 발 묶여 인사도 없이
끌려가고 있었다
꽹가리 새납 묻힌 빈 마당
밤이 바드득 이를 갈고 있었다

아가의 총銃

햇살이
고개 너머 남촌의
사돈 같은 인정이
아직 흐른다고 믿을 때
아가야,
풀벌레의 건강한
반추 옆에서
노랗게 웃고 있구나
이빨은 벌써 많이 나서
톱니처럼 자라고
옛날의 흙 속에 발목을 묻은
오늘의 노동, 하루의 양식
덩달아 춤추는
사치한 어른의 비유 끝에
이슬이 맺힌다
따다탕 플라스틱
가벼운 흉내
나는 한 번씩 손을 들고
눈감는 연습을 한다
갈대꽃 허연 들녘

숨어 울던 엄마의 낮달을 품고
이미 나는 없었지
아가야,
'침묵'이란 말을 너는 아느냐

제2부

강안江岸에서

겨울 막버스

잠

겨울잠

중년中年

탈출하는 살들

눈 오시는 날

술 깬 아침

갈꽃을 보며

별이 되어, 파랑새 되어

강안江岸에서

사금파리에 햇살 놀 듯
유난히 눈물 잦아든
강줄기
노을 속의 두보杜甫여
그대 실린 배가 보인다
내 이마에서 눈감은
그대의 새,
날아간 하늘 끝이 보인다

겨울 막버스

막버스에

두 사람

숨죽인 불빛

막소주 한 잔에 어둠을 쫓고

밖에는 휘날리는 눈

알 듯 말 듯 주름진 얼굴

불 좀 빌……

한 개비 성냥 이미 시들고

휘청휘청 달리는 차

차창에 영장令狀처럼

매달리는

눈발

눈발의 아우성

잠

잠자는 것 아름다와라
누런 육신을 따 위에 누이고
잠시 눈을 감는다는 것
일렁이는 피, 파도를 재우고
홀로 잠든다는 것
이 세상 제일 이뻐라
머리맡에 눈물로 거른
한 생애의 보석
봉오리 열고
약 없이도 하직할 수 있다는 것
고맙고 고마와라
혼을 끄고 혼의 아침을
두 손으로 받들며
지친 하루의 문을 닫는다는 것
술 몇 방울로 언 몸 녹이고
마침표를 찍는다는 것
누가 준 은혜인가
크나큰 선물인가
주린 육신이 쉰다는 것

겨울잠

닫힌 성냥갑 안에는
빨간 골들이 서로 부비며 누워 있다
마른 석류 붉은 입에서도
입 다문 씨들이 가지런히 누워 있다
알이 어미 품에 눕듯이
햇볕 한 점
물 한 방울
버린 동굴에
씨앗들이 깊은 이불을 쓰고 있다
떠들며 살아가는 것들아
산다는 게
실로 눈 깜짝할 사이
나무 그늘 아래 쉬어가는 거라 하더라도
자다가 깨다가, 깨다가 자다가
물처럼 흘러가는 것이거니
천년을 천길의 땅 속에 묻혀 있는
씨알의 잠
죽었다 말하지 말라
칼도 한겨울
그리움에 울음 멈추고
잠시 자고 있다

중년中年

혼자라 혼자면서 혼자 아니고
홀로 아니라 머리 저어도 홀로
그림자뿐인
밤마다 자정엔 삭발하고 먼 길 떠나지만
싯다르타처럼 눈 덮인 산을 헤매지만
아침엔 으레 밥상머리에
시퍼런 내일들이
생선토막으로 놓인다
얼굴 하나, 둘로 열로 늘어나면서
쓸모없는 정자精子처럼 허허 웃어싸면서
법과 교과서와 처자와 ……
어깨에 매달린
네가 주는 아편을 허리 굽혀 받아 먹고
깡소주로 나를 깨는, 돌로 나를 치는
서러운 살 더러운 살
살의 끝없는 탈출이여
머리 풀고 달려가는 바람 따라
외줄기 모래 발자국
씻고 싶어라, 버리고 싶어라
서른 넘어 마흔 지나

느는 거짓을

흔들리며 털어넣는

조금은 눈물 섞인 흐린 술잔을

탈출하는 살들

내쫓아도 버리려는 살은
달아나지 않는다
바다를 걸어 섬에 숨어도,
별들이 대낮에도 들꽃처럼 흩어진
희디흰 산정에 오뚝 서 있어도
살은 달아나지 않는다
예, 예의 살, 빌붙는
살의 넝쿨
술에 빠져도
못난 놈의 못난 법에
얻어맞아도
버리려는 살은
달아나지 않는다
네가 주는 물 한 모금
네가 먹이는 쌀 한 톨
끊을 일이다
끊고 끊어 텅 비우는 일이다
살이여 살이여
달아나는 더러운 살이여

눈 오시는 날

하늘 땅 가릴 수 없이
뽀오야니 눈 오시는 날
곰나루에 가면
늙은 조각배 하나 지쳐 누운 채
개 두어 마리 나와 꼬리를 흔들 뿐

비인 능금밭에 수런수런
미친 여름날 살 부비던 소리
벌떼마냥 잉잉거리고
뒤채이던 힘줄들이
강바람에 떠돈다

죽은 자와 산 자의
어지러운 발자국 눈에 묻히고
솔밭머리 초가 삼간
불빛처럼 해소 소리 들린다

겨우 스물 넘어
자취방에서 눈감은 녀석이 사는
공동묘지

이눔아, 일어나 한잔 받어
소주잔도 묻힌다

하늘 땅 가릴 수 없이
펑펑 눈 오시는 날
뼛속까지 밴 깊은 잠 떨치고
곰나루에 가면
돌아가는 길이 무언가
이제 바늘귀로 비친다

술 깬 아침

사람 일
쓰지 말자, 이제 말하지 말자
술 깬 아침
별러보지만
첫눈 오는 날
바다에서 죽은 벗의
밀물 같은 거, 썰물 같은 거
뻥뻥 뚫린 개펄 같은 거
뒤채이는 바다에 강물에
스러지는 눈 같은 거
버릴 수 없네라
설거지하듯
눈물 가셔내고
차디찬 것
견고한 것
그런 가난한 보석을
사랑하고 싶네라
비탈에 낙엽처럼 붙어 있다 하여도
십이월의 별을
노래하고 싶네라

갈꽃을 보며

빈 들에 어둠이 찍어 누르고
바람 몰아치는 들머리 공동묘지에
황토무덤 하나 새로 생겼네
갈꽃머리 싸락눈 때리니
불조심 산불조심
무덤가에 꽂힌 조합 깃발이
빚독촉하듯 펄럭이데

고모는 일흔
열 살에 어머니 잃고
눈물 비벼 눈칫밥 먹다가
열다섯에 쫓겨나듯 남의 사람 되었으나
채 스물도 못되어 혼자 되었네
의붓어미 밑에서 큰 내가
어떻게 남의 의붓어미 되겠느냐고
한점 핏덩이를 들쳐메고
이 동네 저 동네 방아찧기, 지심매기
떠돌며 간신히 풀칠했다네

홀어미 남의 밭을 매는

긴긴 여름날 콩밭머리에 앉아서
흙장난하다가 쓰러져 잠들다가
고모네 아들 동냥밥으로 커서
그 흔한 소학교 문전에도 가지 못하고
아버지의 주인집에 대를 이어 머슴을 살아
겨우겨우 산 밑에 다랑논 몇 뙈기에 얹혀
싹수 있다고 보내준 실한 산 너머 김씨네 맏딸이랑
홀어미 모시고 칡뿌리처럼 매달려
재미붙여 신새벽 일어나 땅거미 질 때까지
뛰어다니더니, 뛰어다니더니

세로 뛰고, 가로 뛰어도
하루하루에 매여, 빚더미에 발목이 매여
자식 한 녀석 제대로 가르치지 못하고
십원 한푼 쪼개 쓰다가
덜컥 병을 얻었네
아랫배가 찢어져라 아팠지만
싸구려 소다나 털어넣으며
배운 것은 참는 것밖에 없어
견디다 견디다가

병원에 간 날
빚 갚을 것 죄다 아내에게 이르고
영영 눈을 감았네

뚫린 무릎에
초겨울 바람이 파고드는데,
눈깔사탕을 입에 문 막내녀석은
내일이나 모레쯤 즈네 아버지
과자봉지라도 사올 듯
신바람이 나서 왔다갔다 하는데
산 사람들은 살 걱정이 태산이라
국3짜리는 가게 심부름꾼으로 보내고
국5짜리는 서울 식모로 보내고
작년에 졸업한 애는 공장에 보내고

점마을 들머리 공동묘지에
농군 중에 상농군 고모네 아들
어미 두고 아낙 두고, 조랑조랑 새끼들 두고
눈도 감지 못하고 묻힌 무덤에
갈꽃머리 싸락눈 때리니

불조심 산불조심
무덤가에 세워놓은 조합 깃발이
차압 영장처럼 펄럭이네

별이 되어, 파랑새 되어

비명에 간 어느 소녀에의 애도

열여섯 꽃봉오리
고운 아가야

한겨울 잠자던 숲도
수런수런 일어서는데
복사꽃 뺨 부비며 노래하는데

웬일로 너는
한마디 말도 없이
이승을 뜨느냐

페달을 밟던 네 자전거
빈 도시락 든 네 무거운 가방
흩어진 그런 것들이 우리의 눈을 적시고

지금쯤 낯선 나라 하숙방에서
너에게 기인 편지를 쓰고 있을
우리의 친구 네 아버지를
떠올리며 또 눈을 적신다

땅 위에서 잠시
이슬처럼 풀꽃처럼
받은 육신을 벗어두고
너 어찌 그렇게도 총총히 가느냐

누구나 다 한번은
훌훌히 간다고 하지만
난데없이 돌로 치는
미지의 손이여, 손의 장난이여

너, 하늘나라 아름다운 별이 되거라
더러 이승에 둔 혈육이 그립거든
잠든 야삼경 살포시 내려와
유리창에 볼을 대어라

너, 푸른 하늘 날으는 파랑새 되거라
더러 중3 이승의 동무들이 보고 싶거든
운동장 미루나무 꼭대기에 날아와
이승에서처럼 노래하거라

열여섯 꽃봉오리
백합 같은 아가야

제3부

이슬

은하 한녘에
밤새 숨어서
피어나던 박꽃이든가, 구슬이든가
강물에 꽃잎을 뿌리며
몸을 닦는다
구불구불 삼십 고개 사십 고개
해발 몇 천의 뱀 같은 고개를 넘어
몇억 광년 십자성의 징검다리를 건너
네 꽃의 알몸에
닿는다. 아, 떨어져 있음과 떨어져 있음의
불 같은 붙음
만인에게 밟힌 만 개의 돌이
한 개의 옥으로 빛남이여
두 개 알몸의 섬에
하나의 깃발로 펄럭임이여
향그런 숲속의
새소리, 바람소리
가슴이 불러
숯불처럼 이글거리는 별들의 마을
들꽃 그 이마에

'유' 나는 사투리로

매달리던 구슬이든가, 박꽃이든가

바다

하나에 하나를
보태도, 하나에 하나를
빼도, 마침내 하나가 되는,
살과 살을 섞고 피와 피를 섞는
목숨의 몸부림,
거대한 정오에 부푸는
붉은 혼례여
뼈란 뼈 모두 갈아
햇살에 튀는, 즐거워라
아우성이여
그대 몽우리진 수평의 가슴 위로
아득히 날아가는
상형문자 갈매기,
펄럭이는 날갯짓마다
동동 떠 있는 동그란 섬에
숯불처럼 타오르는
동백, 춤이여

자장가

자거라, 이제
어둠이 막히고
늑대 울음소리 들려온다
설명하게 서 있는 나무처럼
네 자는 얼굴을
내려다보마
힘껏 두 팔을 벌려
네 볼에 고이는 눈물
품어주마
고개를 넘으면
또 황토마루, 바람이 분다만
내일은 내일
편안히 쉬거라
싱그러운 들판에 한들거리는
패랭이꽃 한 송이를
잠든 네 머리맡에
꽂아주마

자거라, 이제
밖에서는 후두둑
빗방울이 떨어지고

별들도 바람에 쓸리는데

난바다를 건너는

풀잎, 작은 조각배

힘차게

내, 노를 저으마

초록빛 긴 강을

한두름 잘라

자는 네 가슴에

덮어주마

내 비록 가진 것 없지만

아직 가슴은 뜨겁고

싸리꽃 핀 오솔길을

사랑하노니

네 잠든 들판에

내, 별이 되어

이마를 짚어주마

새벽이 올 때까지

봄날이 올 때까지

맘놓고 잘 자거라

잘 자거라

남녘을 바라보며

겨울 하늘 낮게
내려앉은 들머리
몇 평의 뜰 일구며
그니가 산다

해 지는 역두에서
긴 그림자 끌고 돌아와
빈손으로 바라보면
반생을 가꾼 나무 아래
스산히 노을이 날린다

저마다 옷깃에
고개 파묻고
총총히 달아나는
다른 나라 숨찬 은행들

새벽닭 울 때마다
무릎 끓는 그니
순백의 이마에
외딴섬처럼

촛불이 켜진다

술취한 바람들이
기웃거리며 지나가고
지나가는 눈물로
지글지글 끓는, 아
불을 버히는 불

타오르는 이마 위에
부서진 날개를 펴며
고장난 시계 같은 내가
활활 몸을 사른다

들국화

만취한 꽃들이
한바탕 잔치를 끝낸 뒤
고여오는 두려움
불타는 그 적막을 아는가
사람이 사람을 찾는
한밤중, 까마득히 강을 사이 두고
서로 부르는 소리……
언제인들 바람이 아니랴
흙이 아니랴
육신이 간 다음
비로소 만나 하나 되는
하얀 뼈울음
깜박거리는 그 넋을 아는가
아는가

모래 위에 쓴 시
하나, 그리움

모래 벌판에
밤이 내리면
홀로 강둑에 앉아
풀잎을 뜯어
흘러가는 물 위에
가만히 띄우리니
내 이마에 뜨는
작은 별
초록의 등아
알에서 피어나는 구름이 아니라
머리맡에
새순처럼 돋아나는
네 다수운 마음의
집!

모래 위에 쓴 시
둘, 머언 불빛

밤새
마른 나무로 눈을 맞으며
찾고 있었네

십이월 끝
강 건너
머언 불빛

한아름
보름달
옷고름 풀고……

남해를 키우며
오렌지는 잠이 들어 있었지

바늘구멍을 빠져
한 줄기 별에 닿는
풀벌레 울음

이승의 것

죄나 퍼내어도
비인 종소리처럼
가다가 되돌아올 뿐

피 흔들며
숨가쁘게 어둠만
펄럭이고 있었지

십이월의 끝
강 건너
머언 사람아

밤새
사위는 짐승이 되어
찾고 있었네

모래 위에 쓴 시

셋, 그니의 창窓

별을 쳐다보듯 발돋움하고
아슬히 올려다보는
그니의 창엔
빨주노초파남보
보남파초노주빨
언제나 노오란 귤이 익는다

두 손으로 폭 싼
어리디어린 연꽃 한 송이
파도의 비늘처럼
반짝이는 피아노 소리

푸른 달빛, 은어떼 몰려
출렁출렁 강물 이루면
비어 있는 의자와
기다리는 잔 하나

넘치는 햇살 담아
도레미파솔
솔파미레도

볼록 음악을 밴 과일들이
날아간다

어찌 할 수 없는 거리에
돌이 되어 벙어리 되어
까치발로 바라보는
아득한 빛

기적汽笛이 어둠을 가르고
짐승처럼 들판을 가는
눈 나리는 먼 나라
그니의 창

모래 위에 쓴 시

넷, 산에 와서

쫓기어 여기 왔네

복사꽃 화안한 마을, 징검다리 건너서

긴긴 해소의 겨울 골목 돌아서

잠시 누워보네

너는 종점, 너의 절벽에

칡넝쿨로 오르랴

소나무 늙은 뿌리 붙들고

노을이 되랴

도끼에 찍힌 등걸처럼

쓰러지네 이 산 속에

달빛 풀리어 누런 들판을

남녘행 별은

재빨리 질러가고

멀리 섬을 휘돌아가는

하이얀 네 해안에

파도의 혀

잠들지 못하는 칼날 하나,

어쩌다 돌에 맞아

여기 왔네

모래 위에 쓴 시

다섯, 모퉁이돌

겨울 빈 들녘에
떨어진 까마귀 울음
혼자뿐이로다

홀로를 아는 둘이서
우산을 쓰고
한쪽 팔이 젖으며

젖는 바다
우우 마른 기침소리 밀리는
겨울 저녁바다

날리는 눈발의
휘파람소리 들으며
자장가처럼 깃을 접으며

텅빈 밤의 모서리에
버려진 작은 돌
혼자뿐이로다

모래 위에 쓴 시
여섯, 그니 이름 지우며

염통 한복판에

화살 꽂히듯

그니 이름 지우며

숨겨둔 연초록 이마를 열고

한 켤레 그니의 눈썹

꽝꽝 엄동설한의 천길 땅속에 묻으며

배불뚝이 시간의 목을 비틀어

그니 이름 지우고 또 지우는

못난이 못난이 나를 죽이며

올올이 서러운 검은 머리칼

칼로 버히며

살 속에 든 한평생 그니 이름 지우며

머언 바다 옴낫

한 점 흰구름

베틀에 앉아

베를 자르듯

그니 이름 지우며

지우며 한 세상

지우며

모래 위에 쓴 시
일곱, 언 땅에 그니를 묻고

꽝꽝 언 땅을 파고
눈 쌓이는 구덩이에
그니를 묻고
서러운 한 토막 삶 위에
흙을 얹었다
모자를 벗고
구둣발로 밟았다
살아서 아무 말 못하듯이
눈에 흙이 들어가도
말이 없었다
산 사람은 살 걱정을 하면서
산을 내려오고
뿔뿔이 처자 곁으로
헤어졌다
헤어진 것들이 다시
헤어지기 위하여
언젠가 실리어 산에 오르고
꽝꽝 언 땅에
내가 묻힌다
나직하게 나직하게

못다 푼 꿈이 덮인다
그니의 삭은 눈감음 위로

제4부

새벽

밤은 납처럼 깊이 갈앉았다
미루나무 뽀얀 안개 속에서
잠든 마을은 아득하구나
어머니 눈물 한 점마저
깜빡이는 등잔불처럼 뒤채이는
허허로운 황토 위에
어둠을 두고
호올로 떠난다
거미줄로 얽힌 이씨네 김씨네 땅을 밟고
어느새 산모롱이에 올라서면
눈 붉은 원추리 한 채
땀에 전 논과 밭들은
배꼽을 드러내놓은 채 잠이 들고
잠든 것들은 더욱 잠들어
산에는 무덤만 느는구나
애삭이며 삭은 흙 위로
돌아오마
백골이 되어서라도
눈뜨고 돌아오마
잘 있거라, 잘 있거라

물의 말씀

이제, 겨우
알겠네
나직한 말씀

낮은 데서 구하라
흘러가며
언제나
소리를 내네

하늘
하늘 날 줄
치솟아오를 줄
알면서
호통칠 줄
잘 알면서
맨발로 기는 갓난이
그런 흉내를 내네

더러는
항아리에 담기다

달을 품다가
스스로 넘쳐
훌훌 도포자락 날리며 떠나가지만
실은 제자리에 늘
서서 텅 비운
당신

눈먼 불을 삼키며
칼을 갈 듯
한송이 불꽃 키우는
크낙한 말없음이여

낮은 것을 구하라
흘러가며 어디서나
소리를 내네

이제, 겨우
헤아리겠네
둥근 그 말씀

새벽길

날이 새면
또 백 리는 가야 한다
병든 어머니가 일어나서
싸주신 주먹밥, 허리에 차고
불끈 주먹을 쥔 채
서리 덮인 오솔길을 맨발로 걷듯
바람 부는 빈 들을
혼자서 걸어가야 한다
시린 속 맑은 공복空腹에
자욱한 안개가
씻은 듯이 개인다
갈가마귀 날아가는 언덕에는
솔바람소리 울려나고
밟아야 할 길이
길게 누워 있다

종다리

이 막막한 겨울,
잠 못드는 이의
새벽 이마에
종다리가 운다
내려와 땅 위에
봄을 만들려고
북간도 또는 시베리아 벌판에서
아니면, 아메리카 또는 쪽발이 나라에서
쓰러져 눈 못감은 혼魂이
꼿꼿한 높이에서
서릿발 날리며 운다
삐르르 삣쫑 삐르르 삣삣쫑
못질한 창문을
힘차게 열어제치듯
종다리가 운다
이 질척이는 밤,
억울하게 처형된 혼이
새벽을 열어젖히며
또록또록 별처럼 눈을 뜨고
한반도 새벽 하늘 한복판에서

머리통으로 종을 치듯 가슴 때리며

복음福音처럼 운다

만추晩秋

당신을 당신이라
부르게 하소서

집집마다
저녁연기 피어오르고
날아가는 잘새의
허공,

일손을 잠시 쉬고
빈 들의 둥근 노을을
바라보게 하소서

손 흔들던 이 등성이
이제 떠나온 길을
돌아보지 않겠습니다

겸허히 옷을 벗고
여윈 가지로 받드는
나무의 공간
그 무게를 알게 하소서

여태껏 쌓아놓은
말들을 떨구고, 창고를 태우고
들녘의 바람으로 가득 채워주소서

숨은 이의 촛불은
이미 꺼지고
금빛 종소리도
멀리 사라졌습니다

아, 나를 나라
부르게 하소서

돌베개

징소리 강물로 출렁이는
하늘 한복판
둥글게 손잡고 별들이
달무리를 만드네요
능금알이 뚝 떨어지듯이
맨발로 선지자 몇이
멀리 내려오는 게 보이네요
여윈 따 위에는
겨울 해어름
갈가마귀떼 날아가고
집집마다 하루분의 불을 지피며
빗장을 거네요
눈 쌓인 처마 아래
흔들리는 믿음의 잔
두드려도 열리지 않고
저문 들녘에
외로운 이의 뒷모습이
펄럭 지워지네요
갈수록 모래밭은 멀고
끝없는 안개 속을

한 마리 벌레
유언처럼 기어가네요
꽃을 꽃이라 해도 꽃이 아니고,
돌을 돌이라 해도 돌이 아니고,
돌 속에 꽃을 새겨 넣지만
언제나 바람이 되는
이 막막한 벌판에
떠돌던 돌베개 하나,
가난을 아는 이의 하늘을 열어
넉넉하게 자궁子宮으로 기다리고 있을까요
기다리고 있을까요

겨울나무

다형茶兄

모래바람 때리는 황야에서

기구祈求하듯 두 팔 벌려

서 있는 나무

마른 겨울나무,

기인 그림자 거느린

뒷모습이 보인다

무겁게 고개 숙인

깊은 밤 홀로

한 잔의 차茶 앞에 놓고

엉겅퀴 마른 대궁 위를

스쳐가는 바람소리

들으며, 뼈를 갈아 피로

시를 새기신

적막한 이 땅의,

한 분 시인

세상의 흔한 눈물에서

열매를 보시고

깊은 갱 안에서 순금을 캐시던

모두들 돌아가

문을 걸고 잠든 밤,

흔들리는 등불 하나

따 끝을 지나고 있다

반도 남녘,

느티나무 마른 가지에

하나둘 보석인 양 먼 별들이 돋아나고

까악 까르르 창세기 제1장 제1절로

연신 까마귀 울고 있다

물처럼, 바람처럼

동봉노인송冬峯老人頌

별들이 달아나는
여름날 새벽
연잎에 구르는
이슬 한 방울

엇샤엇샤
어깨에 어깨를 잡고
강물 되어 바다에 닿는 소리를
들은 일이 있는가

마디마디 옹마디
굵은 손가락
여든을 바라보는
눈 덮인 산

늬들 고생 안한 것들 뭐 알겄냐
늬들 책상물림 뭐 알겄냐
늬들 배부른 녀석들 뭐 알겄냐
지렁이 있지 않어, 바로 그게 지룡地龍이라구

안으로 챙기신 말

봄 수풀에 피어나는 구름마냥 날려보내고

만나는 이의 가슴마다 알약을 넣어주며

앉은자리 선 자리를

꽃밭으로 만드는 어른

시장골목 장국밥집 심부름하는 애랑

구공탄 열두 구멍 언 손 녹이며

하루종일 좌판 옆에 앉은 아낙이랑

만나면 손잡고

물처럼 흘러가고

계룡산에서 마이산으로

대둔산에서 칠갑산으로

부처와 만나면 부처와 놀고

더러 단군과 만나면 단군과 놀고

희희낙락 흘러서 가고

흘러가는 구름처럼 이름 지우며

지운 것 땅에 묻으며

살아가는 이

눈발 멎은
겨울 신새벽
터진 구름 사이로
쩌렁쩌렁 기침하는
별 한 채

제 살을 떼어주듯
오천년 이 땅, 피맺힌 바람으로
떠도는 이의 뒷모습을
본 적이 있는가

마른 꽃대궁을 태우며

절에는 결 고운 노스님네가 살았다. 몇십 년을 절 앞 둥구나무 밖을 벗어난 적이 없었다. 아무것에나 합장을 올리고 툭하면 지리산엘 가겠다는 스님을 사람들은 미쳤다고 하였다. 스님이 자리에 눕자 산바람은 절 밖 길목의 소나무를 쓰러뜨려 길을 막았다. 사람들은 늙은 소나무의 허리를 타고 넘거나 아니면 그 밑으로 기어다니며 툴툴거렸다. 마침내 스님이 열반하자 그 소나무를 베어 마른 스님의 육신을 태웠다.

성냥을 그어대면
타오르는 것은 돌만이 아니다
옴, 옴, 서서 가는 물만이 아니다
내 불면과 내 반란을
지켜보던 꽃다발, 뿌리는
구름, 구름의 뿌리
여름내 비와 바람으로
늙은 소나무
오랜만에 길게 허리 펴고
솔바람소리, 물소리
다 재우나니
토막토막 살붙이 끊듯 잘라서
불을 붙이면
파도 일렁이던 몸뚱어리에
숨겨둔 혼의 불

이글이글 뼈만 남은 한 생애가
잠든 골짜기를 밝힌다
언 땅을 녹인다
따라다니는 사람들이 싫어서
만주벌로 일본땅으로
바랑과 지게에 한평생
죄를 짊어온 분
나무토막 위에 마른 육신
빛나는 혼이
아무도 모르게
이 한겨울의 복판에서 타오른다
가슴과 아랫도리, 이마와
젖은 한쪽의 하늘
눈은 펑펑 내리고
눈 위에 마른 국화 꽃대궁
눈물 한 방울도 죄다 사르고
웃음 한 줌도 죄다 태운다
태우는 일도 타는 것도
타는 일이 아니라 태우는 것이 아니라
실은 꽃이다

아름드리 피어나는 꽃이다

성냥을 그어대면

타오르는 것은 말씀만이 아니다

아득히 흘러가는 구름만이 아니다

당신·1

동트는 새벽 일어나
알몸으로 당신을
당신이라 부를 수 있음은
내 작은 기쁨입니다
시냇물이 졸졸
바다로 가서
드디어 스스로를 버리듯
당신 앞에서 나를 지워버립니다
땅 위의 어떤 꽃으로도
당신을 당신이라 부르지 못하는
슬픔을 아십니까
무릎 꿇고 엎드려
당신의 향香, 당신의 종소리 앞에
모닥불에 눈송이 떨어지듯이
이 몸을 던집니다
햇살 오르는 계단 하나하나를
평생토록 올라갑니다
꼭대기의 꼭대기에
당신의 궁宮이 계십니다

당신 · 2

신새벽마다
살을 가르고
해 하나를 낳습니다
당신의 품에
숨은 해는
능금빛 바다입니다
청명한 이오니아
하늘입니다
나는 엎드려 이마를 대고
당신 발치에서 웁니다
얼굴 가리운 풀꽃처럼
수건을 적시며
숨죽여 웁니다

제5부

눈을 쓸면서

홀아비 빈 뜨락에
온다고 속삭이며
눈이 내린 뒤

개나리빛 목탁소리
청청한 목청으로
눈을 쓴다

함성을 쓸며 고향을 쓸며
말라붙은 한 잔의
한숨을 쓸며

어지럽게 스쳐간 발자국
부릅뜬 불호령을
사르면

케케묵은 비듬을 털고
달려오는 바닥
새벽 샘물을 만난다

꽁꽁 얼어붙은 열망
의 마개를 뽑으며 끝이다 끝이다
끝이다를 쓸면서

적이여, 전신에 꽂히는
화살을 뽑으며
반생의 웃음을 버리면

기럽한 눈물의 뒷전에서
이제, 갈 것은 가고
남을 것은 남는다

지상의 한점 머언 불빛이
마저 잠들어
다시 눈이 쌓인 뒤

바다막기

팔뚝 하나만 믿고
팔뚝을 팔기 위해
여기 왔다 바다, 일판에
오 · 오 · 오 젊음은 수평선을 달리다
되돌아오고
되돌아온 울음은
산짐승처럼 피를 삭히며
온몸으로 뻘을 퍼올렸다
쌀 몇 되 남짓한 일당
밀차를 밀면서
땀에 젖어 말오줌 썩는 냄새가 났으나
썩음으로 더욱 썩지 않고
힘줄이 툭툭 솟아올랐다
늘 맨발에 맨손
빗물이 새는 움막 흙벽에는
굶주린 벌레들이 기어다니고
어디로 떠나는지 밤 뱃고동 소리에 젖어
곯아 떨어지곤 하였다
황토 낭떠러지 아래
갈매기 울음에도 흔들리는 램프가

한낮에도 희미하게 켜 있는 가게에
종잇장 같은 내 또래의 머슴애는
서울서 공부하다 돈 없어 내려왔다고 하였고
현장감독의 고명딸을 사랑한다고 하였다
우리는 감독이 하라는 대로
돌을 실어 나르고
해가 지면 한 장의 전표를 얻고
보리 팔아 밥을 지어
막소주 몇 잔에
서로 얼려 친구가 되었다
파도처럼 뒤채이다 자는 밤
숨겨진 꿈의 동굴에
이따금 한 줄기 불빛이 지나가곤 하였다

날개를 위하여

꽃인 양 붉은 피 재우며
가을 빗소리
밤새워 듣는 것은
무엇 때문인가

한 송이 찔레의
여울을 건너, 은하를 건너
옛집,
삐비꽃 연신 흔들리고
흔들며 몸살짓는
푸른 언덕에
저절로 쏟아지는
햇살을 알고 있거니

북국처럼 끝없이
눈 쌓이는 밤
흐린 호롱불 아래
우리의 헌옷을 꿰매며
달빛처럼 고이는
그 눈물을 또한 알고 있거니

어울려 웃는 법과
돈 세는 법
어른이 되는 법을
동정童貞을 잃듯 익혀가지만

해마다 고향 뒷산
늙은 홰나무 등우리에
부리 고운 새새끼들
머언 길 떠날
채비하고 있나니

어지러운 땅 위의
모든 길이 잠들고 나면
활활 타오르는
모닥불, 가슴과 가슴이 맞닿을
포옹

무엇 때문인가
난바다의 깃발을 접으며

뿌옇게 어리는 안개,

안경알을 닦는 것은

길을 내며

달리는 한 줄기 빛이
밤을 몰아
동이 트듯이, 들판의
새들도 금빛 나래를
파닥이기 위해
얼마나 많은
어둠을 밀어냈던가

가도 가도 막히는
뜨거운 어둠
털어넣는 한 잔의
소주에 이는,
쌓았다 부서지는
한줌 모래성

가다가는 쓰러진다 하여도
더러는 상채기에 불이
붙는다 하여도
무너질 수 없는
소중한 목숨,

당당한 젊음이 있지 않으냐

길은 있는 것이 아니라
만드는 것, 이건
샹하이 캄캄한 마로馬路에서
칼을 갈던 노신魯迅의 말이지만
실은 너와 나의 빛이다

너와 내가
비틀거리며 긴 회로廻路를 돌아
드디어 손을 잡는,
머리 떨구고 헤어진 것들이
떠돌다 만나는
천년 마당의 모닥불이여

낮에는 산봉우리 흰구름
밤엔 불기둥
북소리 울리며,
하늘과 땅을 잇는
사람과 사람을 잇는

한바다 들끓는
깃발 날리며,

땡볕에 땀흘려
암벽을 뚫듯,
전생애를 두드려
길을 내면
잠든 것들 일어나
황야의 예언자처럼
소리치리라, 소리치리라

월동越冬

내려앉아, 하늘에는
매연이 돌고
노을 걸린 비인 고목 위
떼지어 까마귀 운다
뼛속 깊이
서리가 내린다
대대로 물려오던 불씨,
훨훨 날으던 종소리도
떨어진다
실록實錄의 비탈에 선 소나무도
등걸이 된다
아, 자정의 칼날이
숨어서 운다
어쩔거나, 어쩔거나
황토 물든 오지랖에
북간도의 눈물이 고인다
떠난 이의 새벽 선혈이
살아서 돌아온다
집집마다 무겁게
빗장이 걸리고

비실비실 뒷걸음질쳐 얼굴을 가리지만,

타오르는 목숨의 아궁이에

불을 지피면

참아라 참아라

발열하던 꽃들의 나직한 소리,

사월에서 유월까지 허리를 접어

금빛 열쇠 잃어버린

캄캄한 늪에서

나직이 나직이

속삭임이 들린다

겨울의 꿈

갈라지는

밤의 옆구리에서

문풍지 운다

그 소리 따라가면

솔바람

파도 이는

웅달,

어머니 살아 생전의

문안도 먼

깜박이는

차운 등잔불

서른의 사나이가 벌판을 헤맨다

벌판에 눈이 쌓이고, 유년의

숙제, 그리다 잠든 세계지도에

구약舊約의 마을에, 우랄산맥에

눈이 나리고

나리는 한가운데

노을처럼 석류가 익는다

차茶 끓듯 오르는 수액

한 개비 마지막

성냥이 탄다

캄부리아기紀로 빛나는

캄캄한 자궁

잠든 처마 아래

빗장이 걸린다

서울 쓰레기

경에게

영등포 헐벗은 산비탈
끄으름 가득 찬 누이네 다락방에서
눈 부비며 새우잠 자는 친구야
엊그제 설이라 망설이다 고향엘 갔더니
자네 살던 옴팡은 보리밭 되고
골방에서 밤새 강의록 읽던
가느다란 불빛도 묻혀 있데
다랑논 몇 뙈기 털어
빚 절반쯤은 덜은 채 처자식 이끌고
사통오달의 서울로 떠난 친구야
옷 풀먹여 다려 입고 점잖게
서울로 올라가서 쓰레기꾼이 된
소학교 동창 내 불알 친구야
굶주린 엄마 아빠를 어려서 뒷산에 묻고
재주를 지게에 지어 부리던
친구, 네가 성공하면 소사 한 자리라도 할 게 아니냐고 힘없이 웃던
나보다 재주 많던 친구,
신새벽 서울 구석구석 종을 흔들며
쓰레기를 쓸면서, 골목마다 버려진
팔자 좋은 것들의 쓰레기를 쓸면서

당당히 서울 시민이 된 내 친구야
버려진 것들을 쓸면서
쓸어버릴 것을 못 쓸어내는
다락방 자네 울음
허물어진 집터에 싸락눈
나리는 이 밤
나, 듣고 있네

대통령 자전거 꽁무니에 매달린 술통

하늘로 가는 길가엔 황토빛 노을 물든 석양, 대통령大統領이라고 하는 직함을 가진 신사가 자전거 꽁무니에 막걸리병을 싣고 삼십 리 시골길 시인의 집을 놀러가더란다. — 신동엽申東曄

간밤 소곤소곤

어둠을 적시더니

오늘은 연두빛 봄하늘

종달이 비비 뺏쫑 하늘 높이 날으니

강 건너 불알친구 보고 싶구나

못자리 만들러 논에 나가지 않았을까

돌담 둘러 호박씨랑 상추씨를 뿌리고 있지 않을까

빗소리에 밤새워 이 친구 시를 쓰지 않았을까

만나보고 싶구나

만나서 흘러가는 물에 발을 담그며

막걸리잔을 기울이고 싶구나

대통령은 거먹 고무신 페달을 밟으며

개울 건너 다박솔밭을 지나

그을은 얼굴에 뻘뻘 땀을 흘리며

휘파람을 날린다

강물 같은 보리 이랑, 청청한 물 이랑

만나는 사람마다 손을 흔들며

랄랄랄 랄랄랄

달랑달랑 매달린

대통령의 술통

자전거 꽁무니에서

술들은 서로 얼굴 부비며 야, 야 만세 부르고

애기나뭇잎엔 햇살이 반짝반짝

연방 손뼉을 치며

함성을 지르니

넘친다, 넘쳐

천지에서 백록담까지

넘친다, 넘쳐

비시非詩의 시詩

1 사료飼料

나는 네놈의 밥이다
무엇이든 먹어치우는
네놈의 밥통
감추어진 아랫도리의
붉은 이빨이
차바퀴 구르듯 너덜너덜 빛나면서
우리네 어린것의
자장가랑 장난감을
먹어치우는
네놈의 웃음, 통째로 삼키는
나는 네놈의 밥이다
네놈이 만든 그물 경전經典
가꾸어 놓은 탑
눈치볼 것 없이
네놈의 씩씩한 위 속에서
불을 질러 내가 되는
나는 네놈의 밥이다

2 덫

어디로 갈 것인가, 만나는 것은 덫뿐이다 홀로 마시는 술잔 속에는 내 눈물의 덫, '여러분' 외치는 말씀에도 덫은 숨어서 히죽거린다 털난 주먹들이 키우는 강철 울타리 여우늑대승냥이끼리끼리몸팔고맘팔고팔고팔고사고팔고싸구려싸구려다 이른 봄 보리밭 이랑을 건너오는 바람은 아직 먼 데서 분다 소중한 저음의 몸살이여, 숨은 소리여, 율도硉島는 어디 있는가, 어디 있는가

죄罪의 시詩

시를 쓴다는 것, 부끄럽구나
아름다운 말을 골라야 하는가, 시여
일하는 이의 손, 숨어 우는 아이의 눈물
억울하게 눈감은 가슴을 떠나
말을 비틀어 무엇을 짜는가
은행 앞 플라타나스에는
새도 와서 울지 않고
버려진 애가 쓰러져 자는데
버려진 애의 건빵만도 못한
시여, 화려한 것의 문패여
겨울 공사장 헐벗은 일꾼들이
물 말아 도시락을 비우고
둘러앉아 몸을 녹이는
모닥불만도 못한 시여, 부끄럽구나
엘리어트가 어쩌니 라킨이 어쩌니
우쭐우쭐 떠들어대면서
목판의 엿 한 가락만도
못한 시를 쓰는가, 시인이여
고구마로 한겨울
끼니 이어가는 아우에게

시인이라고 자랑할 것인가
흙을 등지고, 땀을 죽이고
먹고 낮잠 자는
외래어의 시를 쓴다는 것
부끄럽구나, 또 부끄럽구나

눈 나리는 저녁 버드나무 아래서

진눈깨비 스륵스르륵 해소처럼 나리는 저녁
어두운 다릿목 벌거벗은 버드나무 아래서
고무신짝을 끌며 담뱃불을 붙인다

단추를 꼭꼭 잠그고, 제 몫의 봉지를 들고
저마다 종종걸음으로 집으로 돌아가고

니나노 한고비의 술집을 지나
연탄재 날리는 골목을 거쳐
우시장을 질러서 보리밭으로
뚜벅뚜벅 바람은 불어오는데

흔들리는 버드나무 가지로
하나둘 창마다 불이 켜지면
피에 피를 섞어, 살에 살을 섞어
엉덩이로 허리로 돌아가는
돌아가는 불빛들을
멀리서 바라다본다

가슴뿐인 가슴에 빈손을 얹고

별들은 가리워 보이지 않는데
머리 들고 우는 버들가지여
밟혀도 밟혀도 질경이처럼
밟히지 않는 가는 가지에
젖꼭지인 양 수없이 눈이 매달려 있나니

눈에는 삼십 리 시골길
나무 팔러 가던 겨울길이 길게 누워 있고,
조선낫의 흐느낌이 숨어 있어,
언 땅에 천년쯤 뿌리 늘이고
부들부들 떨지만 부러지지 않는
작디작은 속삭임이 숨어 있어,

진눈깨비 스륵스르륵 숨죽여 나리는 저녁
다리는 자꾸 흔들리고, 흔들리는 버드나무 아래서
쿨럭쿨럭 기침을 하며 가슴에 불을 붙인다

햇살

1

복사꽃 사월 위로
날으는 날개
토담집 뜨락에
숨어 와 논다
깔깔깔…… 온종일
신록의 샘 틈으로
웃음소리 들린다
자본資本도 포르르
새가 되어 날은다

2

누이의 치마폭은 어디 있는가
돌아와 눕는
어린 흰구름
흐르며 흘러가며
일렁이는 산수유다
밟아도 발등에
돋아나는 꽃잎이다

3

너뿐이다

병病한테 풀려나

오랜만에 거리에 서면

세상은 요란하게 저만치서 돌아가고

손을 주는 것은

너뿐이다

거대한 책에서도 너는 만날 수 없다

날아다니는 말 속에서도 너는 만날 수 없다

들에 버려진 풀씨 속의 하늘을 이고

말이 품은 날개를 타고

어두운 사슬을 푼다

너뿐이다

벼랑 위에서

닫힌 선달의 심줄 끝에서

손을 주는 것은

너뿐이다

설일雪日

응아,
하고 눈이 나린다
석달하고 열흘 만에
또, 응아,
하고 눈이 나린다
찢어진 논, 허물어진 밭둑에
어우러져 찔레꽃 피듯
응아, 응아
눈이 나린다
눈이 오시는 날은
한밤중 포장마차에서 털어넣는 슬픔 같은 소주
아니면, 불온한 골방의 낙서도
허물을 벗듯 이름을 벗는다
이름 붙일 황제도 이름을 잃는다
두 손으로 받드는
오, 이 지순至純의 부활

제6부

부여행扶餘行 · 1

가없는 겨울에
알몸으로 떠도나니
부여에 가면
한겨울인데 비가 내리고
허리 굽은 돌들이
그을린 얼굴로
묵묵히 묵묵히
비에 젖는다

금방 건져진 미소들이
흙에서 자라
누워서도 웃고 쓰러져서도 웃고
웃는 들녘에
뒤채이는 성충成忠의 카랑카랑한 기침소리
부소산扶蘇山 솔바람 소리,
천년 바랜 바람이
우, 우 일제히 몰려온다

굳게 닫힌 무덤들은
시뻘건 해 하나씩 낳고

셴 머리칼로 피어오르는
연기, 나직하게
한숨처럼 깔리는
일몰의 이마 위에
아, 마른번개

모두 빗장 건
캄캄한 겨울에
휴지처럼 헤매나니
부여에 가면
내가 나를 불러
마디마디 불붙는 뼈를
삭이며 삭이며
비에 젖는다

부여행扶餘行 · 2

잠든 부여에 와서
잠들다 깨어보면
바람이 유난히 많다
쓰러진 풀잎
묻힌 함성들이
수런수런 일어난다
일렁이는 들판에
피가 돌고
산줄기마다 함마처럼
팔뚝이 뛴다
물 건너서 밤을 타고
백강의 용을 낚았어도
가슴 가슴 진한 가슴
붉게 샘솟는 산유화가
이 언덕 저 언덕에서 피어난다
얼어붙은 부여에 와서
구드렛나루 널린 모랫벌을 밟으면
온몸에 홍얼홍얼
봄의 피가 돌아다닌다

부여행扶餘行 · 3

불을 뚫고 견뎌온 돌들이
다소곳이 진눈깨비를 받는다
코와 입은 문드러졌지만
천년을 지나온 돌의 눈에는
연꽃의 아침 미소가
이슬로 피어 있다

산 사람들은 무얼 찾으려고
흙을 파고, 충혈된 돌
잠든 돌을 두드려
당나라 업은 신라를 이야기한다

연못은 얼고, 마른 연줄기
30센티 자로 숙제를 푸는
소학생처럼 오가는 이들은
잠시 귀 기울이다 무심코 지나쳐 가고
천년의 이천년의 질긴 바람이
재의 긴 머리칼을 날리며
연달아 흘러간다

부여행扶餘行 · 4

강물이
반월半月로 안아 감도는
수줍은 임부妊婦
부여에 가면
살아 있음이 일순이 아님을 안다
늙은 돌과 돌의 얼굴을 스쳐가는 바람이
옹기의 마을과 마을을
건너고, 천년과 천년을 건너서
물풀 아우성인 궁남지
비닐우산 아래
몇 잔의 소주로 모인다
소주방울 떨어지는
우리네 서러운 강물에
고된 발목을 잠그고
낙화암 머리 위에 뜬
몇 점 흰구름 바라보나니
만든 역사란 또 얼마나 우스꽝스러운 것이냐
술취한 저녁놀
등 굽은 소나무 가지에 타고
하얀 바람 길게 흘러서 가는

잠든 땅 부여에 가면

내 홀로 있음이, 홀로 있음이 아님을 안다

장곡사長谷寺 가는 길

산 너머 또 산 첩첩
손톱 뽑혀 발톱 뽑혀
찾아가는 길이다

버릴 것 다 버리고
털릴 것 몽땅 털리고
빈손 빈주먹으로
찾아가는 길이다

가야 만나는 건
바람이지만
구름 아래 떠도는
슬픔이지만
맨발로 허위허위
찾아가는 길이다

법이 따라오지 않는 곳
피의 사슬이 좇아오다 마는 곳
목마르면 한모금의 옹달샘이 있는 곳

눈멀어 귀먹어

말을 만나면 말을 죽이고

칼을 만나면 칼을 죽이고

찾아, 찾아가는 길이다

무등無等에 와서

바람 부는
한겨울
떠돌이 되어
나 무등에 왔네
하이얀 산 이마에
서西로 누운 햇살이 쉬고
목로에 앉아,
늙은 개 멍하니 올려다보는
냉랭한 걸상에 걸터앉아
홀로 흐린 술잔을 기울이니
무등無等은 훨훨 날아가데
뜨거운 눈물을 만나러 와서
뜨거운 눈물 만나지 못하고
왼손으로 만지는
다형茶兄의 시비詩碑
싸늘한 돌
입을 맞추며, 맞추며
남도의 갈가마귀
피 몇 방울 떨구고
까옥까옥 들판을 날아가나니

무등無等을 떠나 모레쯤
목포 앞바다에 내리는
하염없이 흩날리는
눈발을 바라볼거나

기슭

설악산 앞에서

싹둑 머리칼을 베고 오랴
이 때문은 발로 들어설 수 없구나
아득히 안개를 피우며
세 살 네 살 그 또래의
불알을 드러내놓고 신神들이
뎅그랑뎅그랑 종을 울리는
바라보면 먼 산자락에
내 언제, 가 닿을 수 있으랴
모래벌판을 기어가는 벌레처럼
이 따 끝, 내 어깨 위
어두운 짐을
털어버릴 수 없다만
버리려 버리려도 버릴 수 없다만
밀물인 듯 왈칵 치솟는
이 눈물을 어이하랴
밖으로 밀어내는
기슭의 물살에
당신이 키워 몸을 씻은 그 여울에
쓸개와 간을 헹구고
나 돌아가랴
돌아가랴

무심천無心川에서

늙은 용화사龍華寺 귀떨어진 종소리
한 켤레 빠져 있다
잠 잃은 심봉사의 눈썹이다
사람들은 다리를 걸쳐놓고 다리 위에서
말없이 밀려가고 밀려오고
다리 아래 무심히 물이
물이 흐른다
천 지게 내다버린 눈물도
이제 바래서
만 자락 밟힌 시름도
겨우 잠들어
생애 한복판을 숨죽여 지난다
살고 싶어요, 살고 싶어요
삼킨 낮달 반쪽이
여기에 와서 낮술에 떠돈다
헌 고무신이 한짝 힘에 밀리어
깊이 빠져 있다
집 없는 마음이 집을 버리고
진종일 반야경般若經으로 머문
와우산臥牛山 흰구름을

버드나무 가는 가지에 매달려
바라본다

열하熱夏

계룡산鷄龍山에서

한여름을 하릴없이

계룡鷄龍에서 보냈다

숲은 주문呪文처럼 무성하고

웬일로 조각난 하늘에선

시뻘건 태양이 온종일

펄펄 끓었다

주인을 버린 노스님은

이승이 따로 없는

이승의 뜨락에서

잠든 풀을 키우고

나는 뽑을 것도 없는 노스님의

금빛 머리를 보며

독사 몇 놈을

키우고 있었다

평생을 문 안에

달을 모시고 산다는

어느 노장老丈이

꺼내준

— 침철오푼沈鐵五分*

불티 오르는 목백일홍

밤 깊은 토굴에서, 그

꼬이고 꼬인 매듭을

풀었다

뱀처럼 달아오르는 입술에

축일 한 모금 이슬도 없이

별들이 우수수 떨어져내리는 낭떠러지

계곡에서 계곡으로

휘파람새 소리

자정을 뛰어넘고 있었다

* 침철오푼沈鐵五分 : '자물쇠 다 푼'의 향찰식 표현으로서 함축적 의미를 지닌다.

변경邊境의 꽃

칼날이 서릿발에
일제히 일어서다
암호, 암호를 묻는
목숨의 겨냥
일초, 일초 목조르며
명령이 뒤통수를 치다
잡힌 손발
갈가마귀 울고 가는
땅 위에
엎드려 우는 점 하나
과육果肉에 싸인 씨처럼
불씨로 서다
—돌로 쳐라
—법의 아가리에 넣어라
살점이 튀고 포탄이 튀는
보이지 않는 손의
하수인下手人,
수화手話의 벼랑에
앉은뱅이꽃
매달리다

들불 · 1

해 떨어지고
모든 목들이 서西로 꺽이니
세상은 온통 밤이로다
붉은 아가리 히히덕거리고
어디선가 컹컹 짖는
삼천년의 천근
어둠뿐이로다

제2시집

저문 날 빈 들의 노래

| 차 례 |

제5부

제6부

제1부

통화

우렁

눈 위에

가을 엽서

온달의 노래

어머님 묘

어느 새벽

신년

골목

종점

돌

연탄을 갈며

통화

책에 기대는
나의 이마
부서진 이마
책에는 어릴 적 작대기도 없고
눈물을 지탱할 목발도 없어……
숫자의 무성한 수풀
그 어둠 속에서
나는 늘 미아다
어느 문전에서도
두드릴 말은
이미 죽어 있다
꽝꽝 얼어 있다
장마다 넘기는
날카로운 금속성……
단추를 눌러도
어디나 통화중이다

우렁

빈 논

개자리,

발자국에 고인 물로

겨우 어깨를 가리운

우렁 껍질

하얗게 백발

서리 쓰고

맨발

철딱서니 없는 새끼들에게

살점 다 베어 먹여

벼 벤 그루터기

살얼음 빈 우렁

서리 찬 하늘에

기러기

울면서 꺼억꺼억

날아가고

눈 위에

눈 위에 눈물
그리운 이의 이름

입김으로 새기고
발자욱으로 지운다

새 발자욱 슬리는
딸랑딸랑 나귀 방울 울리는

넓으나 넓은 따 위에
마당발

조금씩 밀리면서
한 발짝 쳐지면서

눈 위에 꽃잎
하이얀 핏방울

장미로 피어나
갈매기로 날아간다

가을 엽서

이 가을
조그만 산도 오르지 않았네
어느 낯선 땅도 밟지 않았네
그냥 살아있는 것만으로
항아리에 물이 차듯
충만하려네만,
피 도는 시 한 줄
제대로 얻지 못하고
은자隱者의 도포자락 한 끝을
겨우 잡고 있다네
남녘의 햇살을 좀더…,
이제 그런 바램도 여의었다네
형, 나날이 방황이고
날마다 집을 짓기를
흙 속에 묻힌 포도주처럼
익고 싶네만,
오늘은 갈매빛 이내와
잦아진 풀벌레 울음으로
가득할 뿐
숨 죽인 햇살로
철철 넘쳐날 뿐

온달의 노래

참 많이도 샌다
내 무엇이 있었던가
사방으로 바람이 드나드는
겨울, 유구한 천정에서
믿음도 샌다
잠이 안 와 술 마신 밤엔
무더기로 샌다
있는 것은
짚신같은 새끼들
남루한 오늘뿐
툭하면 피나고
땅거미 밟고 오는 지게 위
서른도 서지 않는데
그냥 삭정이라
물 위에 둥둥, 채인 돌이라
쉬엄쉬엄 살면서
다 버린 하늘이나 조금씩 키우면서
인동忍冬 풀잎처럼
끼니 이으며
남새밭 푸성귀로 살아갈 건가

남산이나 바라보며 살아갈 건가
내 초근목피
질경이 뿌리 곁에서
상고上古의 풀벌레가 운다
노상 흐린 날에
참 많이도 운다

어머님 묘

핏덩이 동생을 두고
젊어 세상을 버린 어머니
꽝꽝 얼어붙은 한겨울
황토 언덕에 묻고
대지팡이 짚으며 산을 내려와
멀리 돌아다 보니
잘 보이지 않았다
둥글게 둥글게 시간은 소용돌이 치며
용케 빠져나갔지만,
바다가 내려다 뵈는 그
작은 언덕엔
늘 노을빛 통곡이 자욱하였다
웬일로 간밤엔 꿈에
어머님 잠드신 집이
산골짜기 등불처럼 깜빡이기에,
어룽어룽 창호지문 달빛 번지기에
몇 점 혈육 데불고
몇백 리를 달리어 찾아갔더니
봉분의 반만 눈에 덮혀 있었다
살아 생전 응달에만 사셨는데

여지껏 눈에 덮이고

쌓인 눈 위에 무릎을 꿇고,

떡갈나무 앙상한 어머니 발치

언젠가 돌아와 누울 내 자리를

지켜 보면서

두 손으로 잔을 올렸다

남긴 핏덩이도 이제

장가갈 나이가 되어

배다른 동생과

절을 드렸다

어느 새벽

아기 스님도
잠든 도량에
가물가물 장명등
쌓인 눈 위에
기인 그림자
별들이 갑자기
눈을 뜨는데
금강반야바라밀金剛般若婆羅密
몇 소절
샘물처럼 고이는데
타버린 재들이
꽃 되어 살아나는가
솨솨
솔바람 소리

신년

새해,
새벽

공즉시색空卽是色
색즉시공色卽是空

낮게 더욱 낮게 읊조리며
눈이 온다

그리운 이의
발자국 소리처럼

잃어버린 먼 마을에서
닭이 몇 홰째 운다

상머리 흰 대접에
찬물이 고인다

골목

뒤를 돌아보지 않고
때묻은 봇짐 어깨에 맨 채
훌훌 떠날 수 있는 날,
시간에서 떠나고
한 방울 눈물에서 떠나고
버리고 또 버리고
버리는 것까지 버리고
가난도 잠들어
가만히 구공탄만 타오르는
밤 열두시
한 모금 술에 젖어
당당히 걸어본다
어디서나 낡은 문들은
지쳐 닫혀 있고
코를 골며 깊은 잠에
떨어져 있다
끝없이 침몰하면서
더듬는 손 가슴에 묻고
문둥이처럼
잠든 틈 사이를
내려간다

종점

야반에 그를 실은
지친 수레는 그를 풀어 놓고
그의 집에 들어간다
눈이 펑펑 쌓이는 밤엔
조랑말도 그를 닮은 주인과 함께
날새워 눈 오는 소리를 듣는다

한 손에도 무거운 오늘
다른 한 손에 내일의 불을 켜려
찾아보아도 찾아보아도
또 손은 없다

그리운 것 그리워 못하고
첫닭이 울기 전
하직한다, 하직한다
벼르는 것은
죄스러운 일이다

헌차가 쏟아 놓은
종점, 하루의 피로를

풀어 놓으며, 젠장 여기가 어디야
언발에 오줌을 누며
그의 집을 찾아간다

감춰 둔 하루분의 그리움을 꺼내어
곰처럼 핥으며,
사각사각 발자국소리를 내면서
내리는 눈소리를
귀 기울여 듣는다

돌

눈 온 아침엔
괜히 버리고 싶은 게 많았다
소복히 쌓인 눈 위에
태우고 싶었다
따라붙는 핏줄들을
개칠한 이력서를
시간도 불러 놓고
심야의 얼룩이랑
늘 웃어야 하는 복면이랑
모두모두 모여 놓고
성냥을 그어 대고 싶었다
돌아간 이의 헌옷가지와 약탕관을
한평생의 찢어진 울음을
당연한 듯 불사르듯이
미련인 양 눈 위에
재티만 날고
날아가며 까욱까욱,
도마 위에 저미어 놓은
한 줄기 슬픔은
남을 거라고

울어 쌓지만,

눈 온 아침엔

괜히 손도 닦고 발도 씻었다

다소곳이 쌓인 눈 위에

간직한 돌도

태우고 싶었다

연탄을 갈며

대설이라 함박눈이
펑펑 쌓이는데
비인 목련 마디마디
꽃눈이 다소곳이
눈을 깔고 있구나

잉크도 얼어 붙은
셋방 한구석
소주 몇 방울처럼
깨어 있구나

밀리고 밀린 세금과
갚아야 할 이자가
형사처럼 따라 오는데
불씨는 살아
봉우리를 만들고 있구나

빨간 봉우리 그 꼭대기에
진달래 피는 날이
신부처럼 오고 있구나

푸른 바다 위를 걸어오고 있구나

쓸쓸한 식욕
쉰의 적막
다 잠든 밤중에 연탄을 갈며
꽃눈을 바라보고 있구나

제2부

잡목림에 눈이 내리니

오리나무 물푸레나무
벗은 사이사이로 눈은
고조선적 마을에서
하얀 너울 쓰고
사뿐사뿐 나려오나니
붉은 파도 묻고, 사랑도 도려내고
맨발로 만세를 부르는 자
누구인가
끊일 듯 이어지는
여윈 비탈길
오두막 흐린 불빛에
가늘게 우는 화살소리 들린다
오나가나 따귀 맞던
잘게 쓸린 마음쪽이 날린다
잠든 잡목림에 눈이 내리니
숨죽여 밤새워 눈이 내리니

상달

깊고 깊은 저 하늘
뻐란 뻐 화안히 뵈는 날엔
산으로 가자
일손을 잠시 놓고
멍게 덤불을 헤치면서
산 하고도 상상봉
꼭대기에 서 보자
무명옷 하얗게 빨아 햇살에 바래 입고
천 년, 수천 년 아아라히
할배가 섰던 그 자리에
돌을 모아 쌓아 놓고
눈 감고 절을 올리자
이런 날,
술집을 기웃거릴 것인가, 권투시합을 볼 것인가
죄란 죄 모두 고해 바치러
저 푸른 물이 뚝뚝 듣는
하늘 아래 봉우리
산에 오르자
마을마다 모닥불 피워 놓고
징소리 울리던 날이

그렇지 아니한가
감들이 주렁주렁, 알밤 저절로 벌어지는
동동 팔월을 지나, 구월도 넘어
귀신이 제 몫을 기다리는 상달에
말 판 죄, 논 죄, 숨은 죄, 그리고 또, 또
올망졸망 죄를 데불고
산에 오르자
아브라함이 늙어서 얻은 한 점 혈육
이삭을 번제로 바치듯
돌을 쌓아
저마다를 올려 놓고
이 세상 그중 낮은 소리로
간절히 빌자
어린 것들의 이가 삭아가고
젊은 것들의 가슴이 문드러지는,
기름진 바퀴와 바퀴가 제멋대로 굴러다니는
비정의 거리에서
그리운 건 사람과 하늘
하늘 찾으러, 사람 만나러
하늘 가슴 닿도록, 사람 가슴 닿도록

산봉우리에 서자

무릎을 꿇자

가장 정한 피,

한 종지 담아

불을 붙이자

하늘 활활 타도록 불을 붙이자

내 가장 깊은 곳에 불을 붙이자

해거름

새들이 날아간다
하루 종일 먹이 한 톨이나 찾았는지
싸락눈 시름없이 나리는 어슬녘
새 두어 마리
서로 떨어져서 날아간다
헐벗은 산, 후미진 골짜기
어느 마른 가지에 등우리가 매달려 있는지
잿빛 나래를 위아래로 치면서
헤엄치듯 낮은 허공을
뚫으며 날아간다

하루의 지친 노동
하루의 양식을 위하여
삼백 예순 날 나사처럼 죄어
밀리고 밀리는 나날
나날의 맨 끝자리에 서서
소주 몇 방울로 몸을 녹이며
얼어붙은 비알, 산 몇 번지의
집을 찾아 올라간다

먹이를 기다리는 몇 놈의 주둥이와 철없는 고운 부리들
병들어 등굽은 지어미의 누런 얼굴
초록의 나무 아래 잠든 포도주와 시집은 죽고
안주머니에 비상금처럼 죽음을 감추면서
바람 부는 언덕을
휘적휘적 올라서 간다

집집마다 문을 닫는
겨울 해거름

흔적

남은 힘 죄다 쥐어 짜
찌르륵 찌르륵
풀벌레 울어,
유언처럼 울어
섬으로 떠 있는
자욱한 가을날
바늘마냥 비는 내리어
젖은 아랫도리 허물어 내리고
잠든 책, 사슬에서 빠져 나와
논둑을 걸어,
밭둑을 걸어
가다가 발에 채이는 머언 웃음들
세로팡지에 싸놓은
뒹구는 말들
올라가는 것인가
내려가는 것인가
설핏한 삶의 하오에
조각조각 흩날리는 살점들
추적추적 송곳처럼 비는 내리고
밤이 오는 방에서

불을 끄고

나직이 울어

온 몸으로

찌르르 찌르르

풀벌레 울어

애탈 것 없다고

숨넘어 가는 소리로

숨어 울어

날새워 울어

바람
한라 상봉에서 관음사까지

하늘이 돌아
백록담은 다소곳이
구름을 배었다

빙빙 둘러
둥그런 바다의
눈썹이 보였다

인사人事는 작게 가물거리고
한라는 크낙한 동굴을 품고 있었다

올라가는 것은 잠시뿐
발목을 묻는 검은 흙들이
돌아오라, 돌아오라 손짓하고 있었다

시누대 사운대는 산여울에
때절은 마음을 빨며
비자나무숲을 벗어나면
불에 탄 돌밭이었다

목이 말랐다, 배가 고팠다
아랫도리가 휘청거렸다

길을 내며, 길을 찾아
한 층, 한 층, 내려올 적마다
두고 온 것들이 보고 싶었다

이름 모를 열매를 씹으며
이 세상 제일로
낮은 데로 내려서니

두 손 묶인 밤이
거기 눈을 뜨고 있었다

— 터엉 빈 관음사觀音寺,
(먹물 번지는 뜨락)

가랑잎 스치는 소리
쓰러진 발밑에서 울고

서늘한 샘이 반야심경처럼
수줍게 기다리고 있었다

온 힘으로 문을 열었다

— 없었다
없음의 얼굴을
몇 개의 굶주린 바다를 건너서야
흘낏 보았다

신륵사神勒寺에서

남은 몇 조각의 낙엽이 날리고
머리칼도 뿔뿔이 날리고, 강변에
산을 뛰쳐 나온 절이 있었다
두어 척의 피곤한 배가 지난 여름의 정사를 그리며
홀아비로 강가에 누워 있는 동안
서울서 온 남녀는 서로 팔짱을 끼고
까칠한 얼굴에 웃음을 만들며 걸어 가고
느티나무 늙은 가지 위에서는
녹음된 불경이 흘러 나왔다
발가벗은 중생의
죄 많은 강물을 향하여
부처님은 여전히 앉아 계시고
나옹, 혜근의 쌓인 돌들이
나직이 한숨을 쉬며 바람 속에서
똑같이 한양으로 흘러가는 물을
바라보고 있었다
북으로 거슬러 올라가는
물줄기마다 열리는 열매,
이씨왕조의 울타리로
백성들에게는 금하고 그들 안팎으로

믿었던 현세와 내세,
그 내세의 터를 닦아
오늘까지 사람들 줄지어 늘어서고 있는가
강바람 머리 풀고 달리는
남한강 그릇 굽는 여주 땅에
두 날개를 접은 신륵사에 와 보면
알리라
육신도 꺼져서 저 모래알이 되는 이치를
사랑도 사위어 저 하늘 아래 맴도는 것을

아침배가 되어

가을엔
누구나 조금씩
아첨꾼이 된다
저절로 아첨꾼이 된
기인 꼬리를 보고
스스로 놀란다
황막한 푸르름
허공에 던진 돌멩이 하나
떠돌고
끝없이 흔들리며
술에 아첨하고
나무에 아부하고
바위에 알랑댄다
죽음의 저편에서
부처님의 발바닥에 절하고
자본의 으름짱에
눈웃음을 보낸다
아첨꾼아, 더러운 뱉아, 몰매맞아 죽을 모리배야
마지막 한 겹 탈이
벗겨질까 두려워

헤헤헤 바보처럼 헤설피 웃음 흘리며
모든 압력에 꼬리를 흔든다
아무렴요 아무렴요
이 가을 웬일로 나는
지독한 아침꾼이 되어
새치를 뽑는다

겨울 종소리

얼어 붙은
나와 너의
거리에
나즉이 나즉이
비둘기떼 날아간다

덧문을 꼭 잠그고
흐린 불빛 아래
고전을 펼치는
일요일
얼음 밑에 흐르는
흐르는 물소리의
연초록 날개

연탄재 날리는
빙판 골목
가난한 집집마다
문을 두드리는
전보요! 전보

포장마차
굽은 등에 눈을 맞으며
서서 털어 넣는
한 모금 소주

소줏잔에
섞이는
호르르 호르르 산새의
눈물같은 거
부끄러운 첫사랑의
포옹같은 거

눈길

서른과
마흔의
눈물로 걸어온
마른 발자욱

눈에 묻힌다

불빛도
눈에 덮힌 둑길을
무덤 하나
켜 두고

가나니,
가 닿는 곳
어디인가

한천寒天

흐린 하늘에
누군가 올린 연鳶인 듯
소리개 한 마리
종일 떠 있다

땅 위에는
집과 집을 잇는
비인 눈길만
희미하게 놓여 있다

할멈이 앓는지
고목나무집에선
한약 달이는 냄새가 난다

삼동을 견디는
여윈 기둥엔
옥수수가 이를 드러낸 채
기다림에 목을 빼고 있다

겨울 이야기

1

밤새 눈이 쌓였다 고라니란 놈도, 멧돼지란 놈도 귀염귀염 마을로 내려왔다 홰에 오른 닭들도 푸르득푸르득 잠들지 않았다 아빠는 먼 곳으로 돈벌러 가고 엄마와 아이는 질화로의 불씨를 돋으며 오돌오돌 떨었다 쌀독에 쌀이 떨어져 아이는 엄마와 삼십리 외가에 양식 얻으러 가다가 눈구덩이에 빠졌다 아무 집이나 사립을 밀고 문고리를 잡아당기니 동굴 같은 방안에서 이불을 쓰고 있던 안주인이 "아이구 딱도 해라, 이 설중에 어딜 가슈" 끌끌 혀를 찼다 어둡던 방안이 환해지면서 댓잎자리를 깐 귀퉁이에 사기요강이 반들거렸다 고구마 쌓인 옆에 눈만 빠곰히 열린 녀석이 곰새끼처럼 쳐다 보았다 산 넘어 들 건너, 눈 속에 묻히며 양식 몇 됫박을 간신히 얻어 그날로 돌아왔다 그밤 아이는 잠든 척하며 가늘게 흐느끼는 엄마의 울음을 들었다

2

먼 이십리인가, 삼십리인가, 가파른 여우고개를 넘고 서낭당을 지나도 인가는 보이지 않았다 퍽푸덕푸스스 여기저기 소나무에서 눈 떨어지는 소리만 들렸다 아이는 엄마의 발자욱에 맞춰 촐랑촐랑 뒤를 따랐다 엄마의 등에는 겨우 돐 지난 어린 동생이 끙끙 신음

소리를 내면서 누더기 담요에 둘려 있었다 머리가 펄펄 끓어 엄마의 등이 탄다고 했다 "아이구, 어린 것이……" 연신 엄마도 신음을 하며 눈보라를 뚫고 드디어 읍내에 닿았다 남의 나라처럼 집집마다 전기 불빛이 흘러나오고 저녁 설겆이를 하는지 그릇 부딪치는 소리가 들렸다 뚱뚱한 의사, 얼굴이 불콰한 원장 홍의원에는 감히 가지 못하고, 큰 맘 먹고 유린 약국에 들려 애기를 보여주고 "선상님 좋은 약좀 없나유, 살려 주세유" 엄마는 빌었으나 안경 쓴 약국 주인은 "틀렸습니다. 얼른 가시오" 거지를 내몰 듯 내몰았다 어둠이 깔리는 길, 엄마의 등에서 애기는 말 한 마디 없이 식었다 그날 밤, 동네 어른들이 두엇 모이고 바다가 내려다 뵈는 공동묘지에 꽝꽝 언 땅을 파고 달덩이를 묻었다 소나무 생가지를 덮은 그의 무덤엔 해마다 왁새가 울었다

동국冬菊

한겨울
머리맡에
동국冬菊 한 송이
열 오른 내 이마를 짚느니

삐르르삐르
멧새 소리 들리고
구름 섞여 흐르는
물소리도 들린다

어두운 골목마다
남기고 온 발자국
하나 둘
묻혀 가고

가는 가지 끝에
마지막 남은 열매마냥
매달린
홀로 나 홀로

무거운 그림자
길게 끌고
휘청휘청 돌아와
불을 켜면

달무리져
둥글게 번지는
싸늘한 머리맡에
동국冬菊 한 송이
식은 내 이마를 짚느니

가마귀 우는
강둑에 앉아
흘러가는 물 위에
띄우던 풀잎
그 오솔길이 보인다

겨울 행진곡

Le vent se lève...
ll fant tenter de vivre!—P. Valléry

힘차게 달리는 산맥
숨찬 등줄기에
깃폭처럼 파도처럼
눈발 날린다
바람이 몰린다

눈물로 헤어진 자리
천년만년 머언 곳에서
선홍의 한 줄 시를 덮으며
무겁게 무겁게
손수건 흔들며 눈이 쌓인다

영하로 올라가는
어둠 깨물며
달려라 외투를 벗고
맨발로 뜨겁게 뛰라

싱싱한 혈관마다

콸콸 피톨이
소리내어 운행하고
얼음장 아래 물이 흐르듯
흘러서 아침이 되듯
소리내어 흐르고,

기인 산책에서 돌아와
켜는 심야의 등불처럼
불면의 기인 뿌리에 매달린
구릿빛 징소리
살아, 살아나서 울린다

장삼이사張三李四의 이웃들이
연을 올리다
잠든 밤에
달려온 겨울 비탈길이
보리밭 이랑으로
뻗는다, 팔뚝을 걷고
하늘로 뻗는다

제3부

풀잎을 띄우며

흘러가는 물 위에
풀잎을 띄우나니
언덕은 노을
남녘으로 흐르는 물 위에
한 줌 풀잎을 뜯어
띄우고 또 띄우나니
산 그리매 잠기고
산골짜기에 등불 하나
하늘나라 오두막
깜박깜박 불이 켜지면
보고싶은 눈동자
물살이 되어, 꽃이 되어
멀어져 가고
그대 문전에서
돌아서던 날
손꼽아 세어 보던
나날을 묻어
쓴 잔을 들어 목을 축이듯
한 잎 한 잎
흘러가는 물 위에

가만히 풀잎을 띄우나니

가거라 모든 것

고개 너머 흘러서

잘 가거라

가을 어느날

낙엽이 비에 젖어
하염없이 뒹구는 날
낯선 거리의 어둑한 다방에 앉아
젖은 몸을 털면서
그니의 혼례를 기다리고 있었지
시간은 쿵쿵 큰 소리로 매듭지으며
기계처럼 가고 있었어
벙어리 시계를 옆구리에 끼고
더듬더듬 끝자리에 앉아 있었지
숨죽인 무인도처럼
이윽고 하늘나라 음악, 하늘종이 울리고
그니, 산악같은 젊은이의 어깨에 실려
춤추는 장미였어, 해바라기였어
라일락 꽃숲에 날개를 펴고
나란히 서있는 뒷모습
안개 속에 싸여 있었지
축복한다, 축복한다
몸도 못 가눈 채
늦가을 찬비에 젖어 헤맸지
잃어버린 이름 위에

밤비가 내려 자꾸 고였어
금간 두개골에도 넋 잃고 흘러 들었어

꽃보라

네로의 방화인가
폭력적으로
꽃들이 피었다

잠잠하던 산하
참고 견디어 온 땅에
봉우리마다 봉화가 올랐다
고을마다 함성이
횃불처럼 타 올랐다

지렁이 울음도
이제 떳떳이 나와
불을 질러, 불을 질러
커다란 강물이 되었다

사는 것들은 죄다
살았다고 소리치며
옥문을 부수고
만세를 불렀다

굶주린 창자에
독주처럼 차 오르던 분노의
볏골 만경들 바람,
우금티 풍덩풍덩 쏟던 눈물도
몸을 살라 피를 뿜듯
활활 피었다

목련꽃 · 1

벗기란
갈수록 어렵다

맘 놓고 일하기란
갈수록 어렵다

바튼 기침을 하며
닫힌 창문을 밀치는
새벽 4시

가난한 뜨락에
하늘 향해
두 팔 크게 벌리고
가지마다
촛불이 피어오른다

성聖 누가의
은촛대마다
불을 붙이는 열 아홉 수녀!

문둥이의 고름을

닦아내며

앉은뱅이 이마에

입술을 대는

하이얀 손길이

여기 있구나

목련꽃 · 2

기인 상아의
네 목,
하이얀 해안에
첫사랑의
약속 같구나

훨훨
갈매기처럼
꽃잎
날아가고
수평선 쪽으로 날아가고

그림자만
남아서
모래 위 발자욱처럼
그림자만 남아서

어느 바다
절벽에
또 파도 되어
만날 것이냐

유혹

그대 손을 주오니
나 끝없이 따라 가오리
내미는 내 여윈 손
그대 쥐오니
사각사각 첫눈이 내려라
등 시립고
밖엔 칼바람 찬데
그대 마지막 한 사람처럼
등불 드오니
어두운 길 함께 가리라
땅 위에 집 한 채
불 지필 한 칸 방이 없나니,
굴레는 사방에서 이리처럼 아가리를 벌리고
가자, 가
갈 곳은 어디인가
사는 자, 살려는 자의
아우성 피바다 위에
흔들리는 나뭇잎인가
알몸으로 겨울 넘기는
나무처럼

고요한 성자처럼
성머리 흘러가는 강물을
다만 지켜 볼 뿐
그대, 전생애를 던지오니
내, 백합으로 하나 되오리

언덕 위에서

바람 부는 언덕에 올라섭니다
억새꽃 얼굴 부비며 흔들립니다
해 지는 공동묘지 너머
비늘 반짝이며 흘러가는
강줄기 멀리 보입니다
한때는 사랑하는 사람이 있어
구절초 별처럼 흩어진 산길을 걸었습니다
세레나아데 휘파람 따라 불렀습니다
아침마다 능금마냥 싱싱한 해 솟아 오르고
찬양하듯 새들이 노래했습니다
별들은 초롱을 들고 밤마다 시녀처럼 나왔습니다
허물어진 성터를 바람이 지나갑니다
바람처럼 만나서 물처럼 가는 것
말도 흘러가고 얼굴도 흘러갑니다
메 위에 떠도는 한 점 흰구름
일었다 부서지고 있습니다
얕은 산기슭 그리운 이 살던 작은 집이
빈 새둥지처럼 남아 있습니다
기둥은 기울어지고 돌계단에 마른풀의 귀가 쭈볏합니다
다들 어디에서 능금밭을 가꾸며 사는지요

일기장에 무어라고 은밀히 쓰면서 사는지요
탕아처럼 돌아와 언덕에 올라섭니다
아는 이 아무도 없습니다
잘새가 집을 찾아 날아갑니다
바람 부는 언덕에 서서
낡은 사진처럼
오오래 갈 곳 몰라 서 있습니다

별別

보일 수 없다
내 마음 얼은 삭발을
보일 수 없다
라라의 리듬이
남쪽바다 유채꽃처럼 피는
다실에, 일렁이는 해류에
식는 한 잔의 심연,
슬픈 앙금
눈 오는 밤차에
또 한 사람 보내니
죽었던 울음, 또 한 번 죽는다
머리를 푼다
활활 모닥불을 담아 보내도,
둘일 수밖에 없는 것
눈과 눈은 만나도
가 닿을 수 없는 것
각각 떨리는
제 몫의 목숨

가랑잎 · 1

겨울 들녘의
한 끝에 서 있는
들국화 같은 당신,
삶과 죽음의 거리를
아시나요
한 잔 신앙의 술로
채울 수 있을까요
가랑잎이
귀밑에 날리는 하오
싸락눈이 옵니다
불현듯 복숭아밭 언덕에
서 봅니다
소학교 운동회 만국기 같은
어린 깃발들이
머언 나라 방언인 양
펄럭거립니다
발밑에 뒹구는
마른 잎
그 마른 소리가
온 몸을 덮습니다

황사 날리는 벌판의

스러지는 발자국처럼

아슬히 서 있는 당신,

오늘과 내일

그건 해와 달의

거리일까요

시험은 정말 시험이라고

말할 수 있을까요

가랑잎 · 2

참나무 남은 둥치에

한 소절의 바람이 지나간다

뿌리를 어루만지고

핏줄을 찾아 내려간다

고개 너머 오두막 낮은 굴뚝에

제사 연기 혼백처럼 오른다

죽어서도 눈 못감은

한 생애의 눈을 감기며

한 가닥 바람으로 헤매다닌다

밟혀도, 밟혀도

지랑풀처럼 대를 이어 살아간다

원圓

봄은 노오란 면사포를 벗었다

복사꽃 입술 여는
귀밑 볼

봄비가
강의 허리를
살긋이 긋고 지났다

종소리
산그늘에서
풀풀 새떼처럼
날아 올랐다

가만히
눈 감는
나무보살

손을 내밀면
한 발짝

멀리에 있었다

그것은
보이지 않는
그리운 육체

바다를 가르며
솟아오르는
불꽃이었다

별

망원경으로
깊은 밤
가만히 훔쳐 보면

너는
헤엄치는 정자다

라일락 꽃숲에
알몸을 가로 누인
싱싱한 여인

자궁을 찾아
꼬리치며 달리는
목숨의 고향이다

망원경으로
눈을 닦고
네 알몸을 보면

키 작은 동화의

봄 뜨락에
자잘이 피어나는
들꽃이다

징소리
둥글게 퍼지는
무인도, 홀로 활활 타오르는
모닥불이다

내 어릴 적
책갈피에서 쫓겨난
꿈이다 몰매맞고 쫓기는
깃발이다

봄눈

날이 새면 또 어디에 숨어야 할까나

바늘로 쑤시는 아픔도
흙으로 돌아가는 것, 돌아가는 것

돌아가는 여울마다
해오라기 두어 마리
머물다 가나니

이어 이어 가는 목숨
이 무덤 저 무덤 잠 못 들어
잔기침 소리
청산에 가득하고

남아 있는 것은 무엇인가
울타리 너머 아지랭이
어지러움뿐

개동백 노오란 마을에
웬일로

새치처럼 눈발 날리니

너와 나
막혔던 붉은 어둠
풀리고, 강물 풀리고

날이 새면 또 어느 강을 건너야 할까나

풀빛

하얀 서릿길을
맨발로 걸어오나요
해 뜨려면
아직 한 마장은
기다려야 하겠네요
만나야 할 사람은
여태 곤히 주무시고
불씨처럼 남아 꿈틀대는 것
둥근 무지개인가요
비 오는 초여름의
머언 먼 둑길인가요
뽕나무 안개 뽀얀 가지에서
쑥국새 울던 날이
아슴아슴 그립네요
팔월 보름 산 위에 올라
바다를 바라보던
그 날의 물빛이
참 보고 싶네요
땀밴 베등걸이
풀물 든 무릎은

어디 갔나요
찔레꽃 흐드러지게 피던
언덕 위 얕으막한 굴뚝에
피어오르던 연기
어디 갔나요
발이 시립네요
등이 시립네요

제4부

또 안약을 넣으며

어둠이 갈라지는 방에서
안약을 넣으면,

반쯤 뜨고
반쯤 감은
눈으로
거울 깨진 층계를 내린다

구약의 밤바다에 나래는
저만치 떨어진 채 아프다

비를 기다리는 어머님의 콩밭
장미가 피어 있는
나의 미열은
모든 것에서 떠난다
떠난다

끌려가다가
넘어지다가
돌아와 깨는 눈

안개 자욱한 여기는 어디인가

정말 보이는 게 많아
휑한 벌판에 밤이 내리면,
오늘의 예절을 배우며
아흔아홉보다 하나를 위해
또 안약을 넣는다

반안半眼

들에는 아직도 길이 있다
그것은 어두울수록 빛나는 방언
어쩌다 돌아와 흔들리는 방에
두 홰째 닭은 운다
온종일 여몄던 상식의 단추를 풀면
꽃으로 열려
만유와 입맞춤하는
그믐의 크낙한 없음
바다의 불을 품은 아픔아
차 있던 모든 것은 비고
비었던 것은 비로소 찬다
정情의 허리에 리봉처럼 매달린
내 슬픈 형용사들
마른 강가에 집은 무너지고
온갖 땅의 믿음은 잠든다
남향으로 자리한 내 정淨한 눈물을
바람은 멀리 컹컹 짖으며
직선으로 들을 지난다

어느 노장老丈의 말

나, 하는 마음
뽑아야 돼
내가 있다는 한 생각
버려야 돼
시상에 내가 어디 있어
말해 봐 어디 있어
쓸개에 있어 간에 있어
돈에 있어 땅에 있어
잡초 뽑아 버리듯 나를
뽑아 버려
텅 비워
허공처럼, 물처럼
터엉 비워 봐
나, 하는 상相 죽여야
사람이 사람으로 보이고
돌이 돌로 보여
이 세상 독의 뿌리는
뭐라해도 나야
한 세상
다 맘 먹기야

맘도 버려

썩 다 버려

우러러 볼 놈도 없고, 깔볼 놈도 없어

죽음? 그게 왜 무서워

텅텅 다 비워 봐

해월海月

우는 아기 한울님
딱 따르르 베짜는 며늘아기 한울님
70평생 정성껏 보따리 모시며
이 산골 저 산골 숨어사시던
어른, 이르시는 곳마다
과일나무 심으시며
사람 속에 한울님이 사시니라
밑바닥이 한울님이시니라
밥이 한울님이시니라
조용조용한 말씀,
큰나라 섬기는 것들의
총칼에 쫓기며
흙 깊숙이 씨알을 묻듯
한 많은 백성들의 가슴 속에
꿈을 심으시던
어른, 얼룩진 근세사의 페이지에
치솟는 한가닥 샘물이,
망나니의 칼에 잘린
당신의 피가
삼천리 산하에

강물처럼 불어납니다
진달래처럼 피어납니다
무섭게 무섭게

지랑풀

증산송甑山頌

지랑풀을 아는가
어디에나 뻗어 있고
아무에게나 짓밟히는
쌔고 쌘 지랑풀을 아는가
그 흔하디 흔한 꽃 한 송이
피우지 않고
질긴 목숨 고누며 살아가는
겨레의 강물
강물의 뿌리
손과 발 얼어터져도 쉬지 않는,
입 안에 불이 있지만 큰소리치지 않는,
하늘 바다 흙 속에 묻혀 사는,
왕 중 왕
상등上等 가운데 상등上等 사람의
숯불같은 사랑을 아는가
남의 장단에 춤추지 않고,
사랑하라 어쩌고 빈말 한 마디 않고,
뿌린 만큼 거두고,
하찮은 것 바보스러운 것 살붙이 삼고,
가난한 손바래기 골짜기에 나서

기름기 없는 농투사니 틈에 끼어 마흔 한 평생
이 짓밟힌 강토의 사타구니마다
남조선 뱃길의 등을 매다신
뜨거운 얼,
지랑풀을 아는가
반만 년 이 땅 어디에서나
튼튼하게 뻗어가는
길고 긴 지랑풀의 둑을 아는가

가을산

가을은 산도
물을 버린다
여름내 가꾼 단청으로
마른 살을 덮는다

새도 품어 주지 않는다
뼈만 남아
바람 소리를 듣는다

가을은 산도
울지 않는다
준엄한 이마로
서서 있을 뿐이다

길은 어디라 없이
길게 누워 있고
고누는 목숨의
가난한 잔

둥둥 떠가는 산은

이제 쫓기는 가슴 한복판에

망명정부처럼

우뚝 서 있다

산 · 1

머리칼이 희어지면서
숨쉬는 산이 보였다

이마에 늘 정한 샘물을
이고 있었다

나무들은 속살을 내놓고
여윈 어깨에 서로서로 손을 얹고 있었다

버려라, 버려라
알몸으로 굴러가는 냇물에 잠겨
차돌이 눈을 뜨고 있었다

산에 와서 숨어 우는 이여
옷을 벗고 구름밭에
한 칸 절을 짓는 이여
제 살을 버히는 이여

구름이 되어 물이 되어
떠도는 자,

울음 끝에 솟아나는

섬처럼

등이 굽은 산이 보였다

산·2

입을 다물면 귀가 열리고
귀를 막으면 눈이 열렸다

모두 걸어 잠그면
산이 되었다

빌다가 죽어서
실리어 묻히는 산

살아서 산의 사타구니에
풀을 베어 암자를 짓고 싶었다

세상은 여전히 주거니 받거니
웃고, 먹고, 낳고 또 낳았다

말을 죽인 자, 말의 비탈에
노자老子의 안개가 자욱하였다

발길에 채이는 돌멩이같이
산전수전 구르고 굴러

마침내 닿았다

까만 종점,

무적霧笛 울리는

가을비 · 1

따르릉
깊은 땅, 먼 어둠 속에서
울리는 신호
오늘 오후 갑자기 세상 뜨셨어요
간암이래요
45톤의 알코올
비틀거리는
골목 발자욱마다
고이는 빗방울
우수수
우수수
모두 어제 본 얼굴들이 아니다
아니다, 잡았던 손들이 아니다
뒤채이다 밤을 새운
새벽 이마에
떨어지는
비, 뱀처럼 기어가는
싸늘한 감촉!

가을비 · 2

아찌, 비와유
사탕 문 달동네 낯선 아이들
고만고만 대여섯 살짜리, 누구네 자식들일까

그래, 그래 비온다
아이 이뻐라,
어여 드러가렴

몇 장의 때묻은 지폐와
뱀처럼 잠든 짐을 들고
시장 쪽으로 쫓기듯 내려간다

아이들 머리칼 고운 단풍에
내리는 비는
조잘조잘 아이들을 방에 들게 하지만

어른들 낙엽 지는 무거운 어깨에
꽂히는 비는
황황히 어른들을 거리에 나서게 한다

— 아찌, 뛰어가유
— 그래 그래, 고뿔 들라 어여 드러가렴

능금빛 아이들의 볼에
떨어지는 비는
강으로 흘러가서 꽃도 되고 장난감도 되고
더러는 둥근 노래도 되지만

완강한 어른들의 아랫도리를
때리는 비는
마른 가슴에 숨어서 눈 먼 못이 되고
더러는 사슬에 묶인 눈물이 된다

덤

어차피 누구든 덤이다
땅 위에서 누리는
한 뼘 한 평생
무덤이 배부른 이의 배만 하여도
마침내 바람이다
웃기 위하여 웃다가
울어버린 날이나
벼르고 벼르던 칼이나
언젠가는 흙이다 물이다
훈장이 아메리카만 하여도
요란스러운 빛도
가을 어슬녁 들풀이다
살아 한 평생
섬으로 떠돈다 해도
모처럼 꽃으로 계단을 오른다 해도
결국은 없다
없다도 없다
몸을 업고 살므로
살아 있다, 그뿐

입산

낙타가 바늘귀로 빠져나가듯
있는 것 죄다 사루어야
산은 비로소 자궁을 열고
품어 준다 떨리는 여윈 어깨를
가볍게 두드려 준다
심야에 갈고 가는
칼날 하나
찾으라 한다
즈믄 밤을 기어서 벼랑에 올라
그 끝에 고무신 두 짝 벗어 놓고
힘껏 뛰어 내려라 한다
시뻘건 불, 독사 아가리로
들어가라고 한다
우리 청이 인당수에 뛰어들 듯이
풀잎배로 대양을 건너야
산은 비로소 허리를 풀고
안아 준다 흔들리는 뼈를
두텁게 묻어 준다

하나

하나가 되어 주셔요 —만해萬海

손수건 흔들 듯
나뭇잎 떨구는 그늘에서
모두 애수에 잠들지만
우리는 모른다
하나가 되는 아픔을
다스려 맺히는
우리의 슬픔도
조금씩 노을처럼 익어서
연꽃으로 피는 것을 모른다
땅위에 떨어지는
유구한 눈물
하늘뿌리에 나르는
구름임을 모른다
별을 흔드는
화안한 하나의 주악
원효스님 토굴 앞에
불티 날으는
목백일홍을 모른다
천 갈래 만 갈래

불줄기 담는
바다의 말없음을 모른다
두드려 두드려도
열리지 않지만
우리는 모른다
어느새 하나 되어
봄비처럼 속삭이는
금빛 열쇠를

우리네 장강長江

동해하고도 한복판
가장 깊은 곳에서
풀풀 날아오르는
고기떼를 아는가

사방의 젊음이
눈씻고 모여
창마다 불 밝힌
곰나루, 하나 되어
강이 되어 흐른다

그른 것은 그르다고
당당히 경적을 울리며
화살처럼 곧장
역사의 들판을 질러가고

수수밭 머리
가난한 이마를 적시며,
둑을 허물며
한 점 맑은 꽃을 피운다

머리칼 날리면서 강은
어름장에 깔린
어둠을 몰고
흘러갈수록 장미빛
펄럭이는 깃발이다

동트는 날갯소리
아침 비늘 위에
눈부시게 부서지는
햇빛을 아는가

제5부

금강에게

둥둥 북을 울리며,
새벽을 향하여 힘차게
능금빛 깃발 날리며,
앞으로 앞으로 달려가는
금강, 넌 우리의 강이다

산맥을 치달리던 마한의 말발굽 소리
흙을 목숨처럼 아끼던 백제의 손,
아스라히 머언 숨결이
달빛에 풀리듯 굽이쳐 흐른다

목수건 질끈 두른 흰옷의 설움과
가난한 골짜기마다 흘리는 땀방울들이
모이고 모여 고난의 땅을
부드럽게, 부드럽게 적시며 흐른다

흐르는 물이 마을의 초롱을 켜게 하고
모닥불과 두레가 또한 물을 흐르게 하는
하늘 아래 크낙한 어머니 핏줄
금강, 넌 우리의 강이다

그 누구, 강물의 흐느낌을 들은 일이 있는가
한밤중, 번쩍이며 뒤채이는 강의 가슴에 손을 얹어 보아라
해 설핏한 들길을 걸어본 자만,
듣는다 홀로 읽은 활자들이 일제히 일어서는 소리를

그 누구, 꿈틀대는 꿈을 동강낼 수 있는가
그 누구, 융융한 흐름을 얼릴 수 있는가
등성이에서 바라보면 넌 과거에서 오지만
발목을 담그면 청청한 현재, 열린 미래다

정직한 이마에 맺히는 이슬,
넘기는 페이지마다, 발자욱마다
들창이 열리고 산이 열리고
꽁꽁 얼어붙은 침묵이 열린다

둥둥 북을 울리며,
새벽을 향하여 힘차게
능금빛 깃발 날리며,
앞으로 앞으로 달려가는
금강, 넌 우리의 강이다

웅촌熊村

곰마을에는 맘놓고
곰들이 산다
옹기 그릇 오손도손
볼 부비는 장독
민들레 오랑캐꽃 뽀얀 봄날에
길어도 길어도
마르지 않는
새벽 샘물이 있다
몸푼 초록빛 하늘이랑
겹겹이 쌓아둔 파도랑
녹슬지 않는 쟁기
솔바람 몰아가는 눈발 속에
후웡후웡 숨어 우는 칼날도 있다
곰마을에는 끼리끼리
곰들이 산다
살 맞대어 살 맞대어
잠 못 이루는

계룡산을 넘으며

일찌기 새벽닭 울음
목빼어 바라던 산,
기름진 남도의 어느 한 고장에도
삽 꽂을 한 뼘 땅이 없어
쫓기어 온 서러운 사람들이
착한 사람 잘 살 날을 빌며
기대던 산, 열릴 미래를 열렬히 믿던
든든하던 산, 엄동설한에도 바위마다 타오르던
뜨겁던 산, 나무마다 골짝마다
촛불을 켜던 산,
지금은 혼도 쫓기었나
바람 가득찬 빈 산을
빈 손으로 홀로 넘나니
호남 벌판을 헤매는
억울한 혼백이여
이 작은 통곡 어디에다 뿌리랴
어디에다 뿌리랴
골짜기마다 불어난 물이
저 두고 온 삼남三南을 적신다면
부드럽게 적신다면
아, 그런 신새벽이 온다면

소리개

저, 수심을 알 수 없는
가을 창공에
너, 무슨 일로
하루 종일 떠 있는가
바람도 숨죽인
저, 청자 하늘에
날개를 묻었다 치며
너, 무엇을 하는가
허무와 싸우는가
죽음과 싸우는가
피묻은 혼이여
누군가가 시키는
끊임없는 심부름길에
무거운 고개를 들어
모처럼 하늘을 바라보나니
너, 아름다운 넋처럼
외롭게 떠 있구나
섬처럼 떠 있구나
목잘린 녹두의 피가
시퍼렇게 살아

불타는 횃불처럼

매섭게 치솟고 있구나

밤 한 시의 날개

천 길 땅 속에서
팔딱거리는 음악을
너는 아느냐
죽음도 그리운
천길만길 목 누르는
어둠 속에서
파닥거리는 날개를
너는 아느냐
감추인 풀빛 그리움이
비로소 태어나서
마디마디 바늘처럼
콕콕 쑤시는 것을
너는 아느냐
파도의 피가 장미로 피는
한밤중 피나는 둔갑을
너는 아느냐
껴안고 뒹구는
촛불같은 울음을
아, 크낙한 형벌 하나를

새야

새야
사월과 우리의 틈으로
뱀처럼 기어가는
미시시피
황토길이 열렸다

다들 돌아서서
잘난 유산에 몇 개의 이름을 달면
바닥에는 부릅뜬 손이 있었다
새야

갱년更年의
지구는 우산을 받고
낮달 우는 영嶺 넘어선
서른의 아픔이 지게 우에 있었다

새야
이제 버릴 것도 없다
거울은 울음
잔盞을 들 듯 청산 앞에

못난 대로 살아야지

무와 상식의 사이를
날으는
이 깊은 동굴
겨울
밤
새야

흑인가수

너의 조국은 대서양 건너
우글우글 짐승들이 뛰노는
밀림의 나라, 상아의 나라
아프리카
노예로 팔리어
돈 끓는 이역異域으로 왔다
짐승처럼 채찍을 맞으며
땅을 파고 짐을 끌었다
성性이 끓고 기계가 들끓는
거대한 자본의 배
아메리카
너는 그의 아랫도리에서
피묻은 입속에서
신음하듯 노래를 부른다
이제는 머언 먼 스와니
돌아갈 수 없는 땅
상어가 뛰는 해안, 기름진 흙을 잃고
몇 푼의 목숨을 위하여
슬픔을 감추고 노래를 부른다
너의 때묻은 모자 위에

표를 던지듯 던지는 잔돈

잔돈의 빌딩을 위하여

팔딱이는 아프리카

너의 조국이 죽는다

토사

으스스 새벽 바람이
긴 꼬리를 흔들며 빠지는
덕수궁 골목을, 튼튼한 침묵의 협곡을
도적놈처럼, 쫓기면서
나는 보았다
김치가 섞여 있는 붉은 토사를
절뚝거리며 골목을 돌다가
야삼경 커억커억 토했는가
슬픈 가장이여
이끼 낀 튼튼한 담에
다른 나라 깃발이 기세 좋게 펄럭이고
펄럭이는 깃발의 그늘 아래
비틀거리며 걸어야 했던가
정동 교회
유서를 자랑하는 길목에
맑은 눈의 죄인들이
철망차에 실리어 가고
이조 오백 년
부질없이 튼튼한 돌담가로
햇살은 무량히 쏟아지는데

아, 자장가처럼 등을 어루만지는데

나는 보았다

누가 누구를 단죄하는가

온 몸을 가누며

커억커억 쏟아 놓은

붉은 상처를

꿈

대학교 앞은 언덕이었다
만들다 만 운동장에 이어 있었다
그 언덕을 걸어가는 허리 구부정한 용인의
뒷모습이 보였다
엊그제 정년이라고 퇴임한 노인 방씨였다
하라면 하라는 대로
마당가의 잡초도 뽑고
손자뻘 되는 학생들이 버린 꽁초와 휴지를
아무 말 없이 줍곤 하였다
작은 손수레에 흙과 돌을 실어 나르고
분수 끝에 날으는 새를 우두커니 쳐다보곤 하였다
이임사 한 마디 하라는 이도 없고
누구 하나 섭섭하다는 빈말도 없었다
늙은 마누라와 자식들이 기다리는 오 평 슬라브집과
상추 몇 포기 자라는 뜨락이
고향의 전부였다
그런데, 웬일로 학교를 나가는 그 옆구리에
출석부가 나비처럼 붙어 있었다
신문을 열심히 읽고 있는 옆 사람이 물었다
— 오라, 저 영감쟁이 퇴임하고 나서 강의하나? 무슨 강좌지?

앞 사람이 말했다

— 글쎄, 그렇긴 그런가 본데, 뭐라더라?

또 물었다

— 그 노인쟁이 어디 대학이라도 나왔던가?

또 말했다

— 대학 나와야 꼭 되나? 근데, 그 노인은 어디라더라 아마……

물음을 지우다가 또 부끄러워

또 물음을 지우다가 또 부끄러워

깨었다 미명未明이었다

꿈틀대는 꿈

〈스물 일곱 개의 시詩〉를 읽고

늬들, 든든하다
애늙은이인 줄 알았더니
장하다, 몰래 시를 쓰다니
남들은 토플을 외우는데
도서관 한모서리에서
시험공부 제쳐두고 시를 쓰다니
살아 있고나 늬들
청청한 꿈 살아 있고나 늬들
시는 추천되는 게 아니다
시는 만능의 수표가 아니다
잠 오지 않는 밤
끓는 가슴 때문에
가장 내밀한 혼으로
유서처럼 쓰는
최후의 한 줄을 위하여,
정결한 글자마다 또록또록
한 줄기 등불됨을 위하여,
술취한 방황의 나날로 거르는
한 점 따뜻한 꽃을 위하여,
써라, 당당히 써라

늬들, 대견하다
융융한 강물의 흐름을 보는 듯
가슴이 벅차오른다

이 폭양에

창을 열고
땀을 씻으면 이마에
퍼득이는 햇살의
비늘, 미명의 굴헝에서 솟는
찬란한 바다
그 이마에 꽃밭을 키운다
뜨거운 백지의
마지막 바램으로
심야 눈 뜨는 꽃들은
〈잎새에 이는 바람에도
괴로와〉했던
이제는 머언 높이에서
갈대와 까마귀의
사이, 무수한 계단
전신을 가누며
저마다 램프를 켠다
탈의의 겨울
거리의 배부른 상식은
자본처럼 웃어도
과즙마냥 고이는 내용의 가지로

이윽고 쏟아지는

금빛 가루……

대리석도 녹아 내리는

이 폭양暴陽에

구릿빛 기를 드는

잔잔한 개화

피리소리여

영零에서 시작하는

캄캄한 영零에서
눈 뜨는
뜨거운 소리
곰의 강아
코에 걸고 귀에 거는
기름진 법
사람 위 높은 가방을
버리고 태우고
땅에 닿는 맨살의 시작이다
별을 불러
이슬 담는
엽록소의 은밀한 행진
나 어린 함성은
정한 눈물을 키우고
밤새워 아팠던 열을 키운다
살아서 움직이는
꽃보라 얼의
숨죽인 영零에서
손을 들고 일제히
소리치는, 일어서는
긴 곰의 강아

계단

아슬히 하늘에 이어 있다
마늘내 쑥내 나는
우리네 단군적 하늘
올라가는 사다리다
백지 위를 기어가는 개미
새벽, 뜨거운 지하의 불을 길어 올리는
펌프소리 톱질소리
바다를 몰고오는 말발굽소리
아무리 합해도
소리는 하나다
하나가 일구는 땅
우리의 손은 식지 않는다
우리의 잉크는 마르지 않는다
우리는 우리
고여 있는 잠을 죄다 버리고
오른다 뛴다
사라진 만세를 찾아
햇살 문 한 마리의 새를 날리기 위해

채점

세상일 다 아는 자처럼
문제를 낸다 튼튼한 함정
전생애로 판다 천길 굴 속에서
금을 캐듯이
그러나, 금은
누구에게나 금이 아니다
구름에 파도를 보태고
파도에서 잠든 한 송이
장미를 뺀다
아침부터 종점까지
피맺힌 눈알을 굴려
수판알을 굴린다
소숫점 아래 세자리까지
손가락에 침을 발라
점수를 매긴다
매기는 점수를 또 매기는 것은
하늘인가, 시간인가 아니면 힘인가
사사오입을 하면서
굴러가는 바퀴처럼
인정사정 없이

문제를 낸다

점수를 매긴다

세상일 다 쥔 자처럼

손을 들어도

손을 번쩍 들어도
신은 호명하지 않는다
바다를 막아 잠든 뱃전에
갈매기도 얼어 있다
백합 솟는 해안에
유언처럼 손을 들어도
황금의 차들은
못본 체 질주한다
비켜라, 비켜라, 비키지 않으면……
아침을 잃은 선박들을
그냥 버린다
신나게 전속력으로
못본 체 달아난다
여기요, 사람살려
손을 들어도

제6부

말놀음

말이 말을 낳는다
쉬파리가 알을 까듯이
우글우글 들끓는
말의 바다, 말의 불바다
가릴 것 가리며
적당히 내보이는
말들의 수작, 그것들의 광란
붉은 말, 푸른 말, 검은 말, 흰 말
달리는 말, 고여 있는 말
죽어 있는 말, 살려는 말
말과 말이 서로 엉켜서
궁전을 만든다
시간을 견디고
없음의 한바다를 건너는
말은 없다
내일은 또 내일의 말들이
모레는 또 모레의 말들이
휘돌아 가지만, 마침내
죽지 않는 말은 없다

안개

고양이 입술처럼
유리창을 가로막지만

사람과 사람
사람과 나무를
잠깐 떼어 놓지만

풍문처럼
작은 도시를 뒤덮지만

음험한 균들의
숨어 웃는 웃음소리
가끔 가다 들려오지만

아슬히 물 먹은 별들이
울먹울먹 벌써
눈이 젖어 있지만

홀로 있는 이
더욱 홀로 있지만

정든 땅 병든 언덕

지구는 돌고

도는 것 더욱 돌아

해는 뜨고 지고……

소금

빛과 소금이라
거룩한 빌딩,
하얀 대리석 일요일마다
나래 펴는 금빛 종소리
빛은 길이요 생명이니
억장이 꺼지는 어둠 속에서
매일 쓰러지는 쓰라림 속에서
그것은 다른 나라의 말과도 같다
푹푹 썩는 여름날
경전의 금박 뚜껑에 쉬파리가 붙고
산 위의 말씀도 문드러지는데
오직 돈만이 살아남아서 돈이 되는데
거름이 되는데, 기름이 되는데
별도 되고 태양도 되고 신도 되는데
소금, 그 쓰라린 불면은
자본도 없고 힘의 냉장고도 없는
사람 취급 못 받는 사람에게
얼마나 고급스런 위안이냐, 상징이냐
그러나, 몇 개의 눈물 젖은 강을 건너고
굶주린 산을 넘어서

종치기 한평생을 보내고 나서야
알 수 있다
빛은 달디단 굴레요, 소금은 매운 고통임을
굴레와 고통 없이
어찌 자유가 있고 평등이 있으랴
한밤의 포옹이 있고 머나먼 내일이 있으랴

내려가는 길
오르는 길보다 내려가는 길은 더 가파르다

돌을 밀며 올라가는 길
등성이에는
무엇이 기다리고 있었던가
딸기처럼 익은 태양이던가
피묻은 깃발이던가
바람은 끝없이 불고
몇 알의 능금을 따라
몇 마리의 벌레들,
갈대밭 위로 거칠게 눈이 내렸다
암만 두드려도 열려지지 않는 문전에서
돌아서야 한다
한 발짝 한 발짝
돌계단을 내려서는 길은
올 때보다 어둡다
살아간다는 것은 성숙이 아니라
마흔 넘어 몰락이다
급히 빠져나가는
하구에는
또 무엇이 기다리고 있을까
장미인가, 침묵인가, 아니면
물인가 바람인가

시계들

겨울나무에 매달린
까치집
바람에 흔들리는
그런 나의 집,
여섯 식구가 모여 사는
한 개의 방에
여섯 개의 시계가 살고 있다
며칠 걸러 밥을 주어야 하는 것
몇 년분의 밥을 내장하고 살아가는 것
서로 다른 얼굴에
서로 다른 두 팔을 가지고 있다
어떤 녀석은 3시
어떤 녀석은 4시
또 다른 녀석은 5시
…………
이렇게 제멋대로다
어떤 게 맞는 것인지
늘 가장의 팔목에 감긴 것을
표준으로 삼지만
정말 어느 것이 맞는다고

생각하는 이는 없다
병들지 않은 시간의 출렁임
검문도 없이 빠져나가는 시간의 바람
서둘러 새벽마다 도시락을 싸들고
뿔뿔이 싸우고, 싸우다 돌아와 보는
해질녘 언덕 위
불면 꺼질 듯한 작은 집
작은 방으로 모여 든다
지친 도시락에 붙어 있는
벼라별 소식들을
저마다 다른 소리로
똑딱거린다 여섯 개의
난장이 시계

가방

그가 든
서양 가방이 하도 커서
미끈한 그가 보이지 않는다

몇 개 나라의 말들이 술술 흘러나오는
그의 준수한 입처럼
가방에는 유창한 화술이
만발하다

한때는 신천지라고
가는 곳마다 노다지를 꿈꾸던
개척자의 가방

오늘은 잘 포장된 말씀을
몫몫의 비닐 봉지에 담아
적당한 값으로
나누어 준다

죽을 사람도 살고
살 사람도 죽는

만병통치의 영약이
그의 거룩한 배에서
음모처럼 만들어진다

사람은 뵈지 않고
돼지같은 그 가방만 압도하는
오늘의 저 배부른 천국,
값비싼 열쇠!

나

나는 나의 자본
나무 아래 서 있을 때
나는 혼자가 아니다

나는 나의 총량
바위 곁에 있을 때
나는 둘이 아니다

나는 나의 무게
구름 앞에 있을 때
나는 셋이 아니다

나는 나의 노래
길 잃은 들녘에 서서 울 때
나는 하나이고 둘이다

나는 나의 병
길은 흔들리고, 흔들리는 불빛 아래서
나는 셋이고 넷이다

나는 나의 나

오! 나의 튼튼한 탈!

남남

땅 위에는 흩어진 이슬
하늘에는 모래별
물로 만났다
바람으로 헤어진다
저마다 제 몫의 작은 불을 켠 채
장님의 지팡이로
한 세상 한 바다
물넝울로 지난다
한때는 뼈와 뼈가 섞이고
살과 살이 얽혀도
마침내 바람 부는 뱃머리에서
손을 흔들 듯, 손을 흔들 듯
혼자 왔다가 혼자서 가는 것
땅위에 잠깐씩
한 웅큼 목숨의 모래성 위에
한 점 불을 켰다가
이내, 떨어져
섬으로 돌아간다
무명의 어둠으로 돌아간다

누구인가

막막한 겨울,
별도 죽은 이 밤에
문을 두드리는 자,
누구인가
떠내려가는 강의 얼음덩어리를
바라보는 동안
씽씽 칼바람은 동짓달
그믐의 벼랑을 지나가고
떨리는 소리로 사람을 찾는 자,
누구인가
풀 수 없는 바위를 녹이려고
닫힌 사전을 뒤지는 캄캄한 동안
쓰려져 무릎 상채기로
벌레처럼 기어가는 자,
살아 남아 있음,
일 초 일 초 그것을 확인하는 자,
누구인가
얼굴 가린 날 찾는 자,
그는 누구인가

남는 것

모처럼 상경하여
광화문 지하도
기계처럼 움직이는
사람들 틈을 빠져 나오면서
자네는 말했었지
서양의 괴테인가 하는 이는
마지막 눈을 감으며
남은 건 사랑하였던
몇 송이 여인과 작품이라고
오직 그것 뿐이라고
휴지조각 날리는
골목을 걸어가며
웬일로 그 말이 문득
가슴을 두드리는가
수갑처럼 찬 시계의 바쁜 초침을
저마다 열심히 재면서
제시간에 찍는 출근부의 도장처럼
만났다 헤어지는
낯선 도시 끝에서
하룻밤 언몸 녹일

불빛을 찾으면서
자네는 말했었지
이제 자네는 가고
자네가 사랑했던 여인만 남아,
자네가 피로 쓴 작품만 남아,
어두운 비정의 거리를
미친 듯 헤매이는데
정처 없이 헤매이는데
웬일로 그 말이 문득
오늘 내 가슴을 치는가

헌 양말

X-mas 이브에

아가야
아빠가 예쁜 선물 사주었다고
선생님께 거짓글로 써바친
예쁜 아가야
머리맡에 때묻은 양말 한 짝
벗어두고, 잠든 아가야
오늘도 이 풍진 세상
아빠는 술독에 빠져서
머리끝에서 발끝까지
낮술에 젖어서
흙 묻은 옷 입은 채
쓰러져 네 옆자리에
눕는다
구멍 뚫린 네 양말에
담아야 할 것은
애비의 못난 눈물 뿐
아가야, 자거라
밝은 날 하루 종일
불빛 눈부신 도시
백화점을 기웃거리며

공짜로 엘리베이터도 타보고
에스컬레이터도 타보고
아가야, 새벽 종소리 듣거라
빨간 모자를 사고 싶은
너의 꿈
그 머리 위에 꽂아줄 것은
애비의 가난한 눈물 뿐

구두를 닦으며

연탄재 날리는

역광장에

우웅우웅 바람이 달리고

침을 퉤퉤 뱉아

구두코를 닦으면서

밟고 밟힌 고된 이력서,

때를 빼고, 빼를 빼고

번쩍번쩍 정객의 달변처럼

광을 낸다

허리굽은 애비, 해소걸린 에미가

풀벌레처럼 살아가는

남녘 섬으론 듯

기적이 연신 울면서 가고

쭈글쭈글 주름진

신발을 닦는다

악착같이 살라고

주린 배를 조인다

밟고 밟힌 손등에

자동판매기처럼

툭 떨어지는

은전 한 잎,

라면 한 그릇

어느 날

모란이 피는
오월 어느 날
덕수궁 유구한 돌담
간호부가 된 친구 동생
혼례를 축하하려고
달랑 금일봉을 들고
몇 개의 강과 헐벗은 들판을 지나
서울 하고도 한복판
광화문 네거리에 왔다
사람들은 강물처럼
모였다 흩어지고
흩어졌다 다시 모여
도도히 흘러가는데,
식당마다 함성처럼 술잔이 부딪치고
다방마다 소곤소곤 호텔마다 수군수군
무엇인가 주고받고 하는데,
까마득한 빌딩 밖을
빙빙 돌며 날으는
노랑 나비 한 마리
나는 보았다

굴러가는 차바퀴에
무수한 논밭이 깔리고
하루하루 붙어서 사는
한 발 디딜 땅도 없는데
먼지 뿌연 공중을
나비 한 마리
맴돌고 있었다
즐거운 지 슬픈 지
나래를 파닥거리며
아래층의 가게에 앉아 보다가
사층의 사무실을 들여다 보다가
십층의 침실을 기웃거려 보다가
벌레처럼 오물거리는 거리를
내려다 보고 있었다
이제는 돌아오지 않는
울다 간 시인
떨린 그의 목소리가
꽃잎처럼 떨어지고 있었다

새벽강

먼 데 닭이 울기 전
흘러가는 강물의
앳된 입술에 입술을
포개본 적이 있는가

보석같은 쥬라기의 별들을 싣고
조용히 꿈틀거리며
면면히 흘러가는 꿈,

그 꿈을 위하여
자정에 눈물 한 점 떨구지 않은 자,
쓰러져 누운 백제의 들판을
사랑한다 하겠는가

어머니의 깊은 한숨과 아버지의 피땀을
모르는 자에게
강은 속살을 열지 않는다
입술을 열지 않는다

머언 이역을 헤매다 돌아온

탕아처럼, 다 잠든
밤에 돌아 와,

먼 데 닭 두 홰를 치기 전
흘러가는 강물의
가슴에 가슴을 대고
흐느낌을 들은 적이 있는가

절교장

빙판 위에서
넘어지면서
왜 너의 문전을
서성이는가
끊자, 끊어 버리자
왜 잠 속에 절을 짓고
동서남북을 자르는가
보고싶고나 보고싶고나
숨은 불면을
왜 숨겨 두는가
거울에서 자라는 네 웃음을
암을 떼듯 잘라 버리자
긴 머리칼의 연초록
넘실넘실 보리밭 이랑
등을 돌리자
먼 훗날 더러는
붐비는 거리에서 손을 흔들어도
돌을 던지자
구약의 돌을 던지자

제3시집

물로 또는 불로

|차례|

제1부

제2부

제3부

제4부

제5부

제1부

게

내고향 천수만

게가 기어 간다
자꾸만 옆으로 기어 간다
비지땀 흘리며 옆으로만 기어 간다
제 덩치보다 더 큰 방패와 창을 들고 있다
까짓 거 누군가 까서 입속에 깊숙이 집어넣을
얄리얄리 봄밤의 한줌 술안주
구멍을 찾는다
깎아도 깎아도 부러지는 몽당연필
부러진 날개
구멍은 날아온 돌로 차 있다
저금통장이 죽어 있다
밀려 간 바다는 한 번 가서
영 돌아오지 않는다
검은 소낙비가 꽂히고
빗줄기마다 팔과 발을 묶다가
문득 그치고
백일하에 무장한 '현대'가
계엄군처럼 온다
비행기 타고 약을 뿌리는
우우, '현대'가 몰려 온다

이제 집들은 하릴없이 ○이다

게가 기어 간다

피도 없이 꿈도 없이

비틀비틀 기어 간다

처자 다 빼앗기고

뿔뿔이 삼십륙계 옆으로 기어 간다

염소떼를 보며

누가 이 가을의 끝에서
무얼 태우나
빈들에 연기 한 줄기
힘없이 타오르는데,
무심코 강다리를 건너며
한여름의 어지러운 발자국들이 잠든
백사장 마른 둑 아래
검은 염소 점점이
마른 풀 뜯는 걸 보나니,
어떤 녀석은 목에 줄이 매인 채
새끼 몇놈을 데불고
강다리 질주하는 차들을 멀건히 바라보기도 하고
어떤 녀석은 굴레없이 제멋대로 뛰어 노는데
강물이 여윌대로 여위어
말없이 흘러서 가고
저 지극히 화평스런 풍경이
왜 가슴을 치는가
마나님의 밤낮을 위하여
배부른 중년 사내의 사랑이 될
너희 무심한 식욕食欲,

눈물 겹구나, 눈물 겹구나

말뚝에 매인 음매음매

—아, 진달래 강토

억새꽃

황토 공동묘지에 서서
떨어지는 가을 해를
멀리 바라봅니다
늘어선 미류나무
야윈 늑골 사이로
노을 실은 금강이
휘돌아 갑니다
잦아든 강줄기
숨죽여 지나는 동안
죽어 서로 모인
한 모퉁이에
백발처럼 한 떼의 억새꽃이
끝없이 바람에 날립니다
없어서 이름 버리고
언젠가는 과수원이 되어
사과알에 담기고
언젠가는 공설 운동장이 되어
또 발 아래 밟힐
하이얀 촉루들,
남편인가, 나어린 아낙과 아들이

썩지 않으려고 이 악문 뼈를
사르는 한 줄기 연기,
울음처럼 풀리는데
머리 푼 한 떼의 억새꽃이
하얗게 바람에 날립니다

잘리운 산

뎅강 산의 목이
달아난다
피도 없이, 상처도 없이
잘린 산의 하체를
죄다 벗긴 채
쇠기둥을 박고
하늘 닿는 굴뚝을
세운다 당당히
서서 불호령
금 나와라 뚝딱
은 나와라 뚝딱
도깨비들 잔치
잘리운 산의 산 너머
놀란 산들은 둥둥
떠나가고 싶지만
가슴에 숨은 새 몇 마리
간신히 날릴 뿐
어쩌지 못한다
옆구리에 붙어 있는 샘 몇 줄기
간신히 흘러내 보지만

꼼짝하지 못한다

산아 산아

무주공산 병신 산아

밸 다 빼어 버리고

한바탕 꺽꺽 울어나 보렴

짐승 불러 천둥처럼

한바탕 으흐으흥 울어나 보렴

뎅강 뎅강

잘리운 산의 목들이

피도 없이 눈물도 없이

비틀비틀 달아난다

죽은 어느 권투 선수의 딸

아빠는 빙빙 떠돌다가 일찍이
주먹 하나만 가지고 밥을 먹었다

밥과 잠자리는 어디에나 있었지만
그의 것이 아니었다

코피를 흘리면서 맞고 때리고
세상이 미울 적마다 힘이 솟았다

골병이 들었으나 빈털터리라 고칠 데 없고
살기 위해 씩씩한 척 코치가 시키는 대로
쓰러지면 일어서서 치고 받았다

몸 하나뿐인, 마음 가난한 여자를 만나
서울특별시 천만
당당한 가장으로 단칸 월세방의 주인이 되었다

먹지 못하고 입지 못해도
캄캄한 방에서 한 해 걸러 한 명씩
입이 늘었다

끼니를 걸러가며 가장은
막소주 몇 잔에 호기를 부리다가
라면 봉지를 감춰 들고
하늘에 닿을 듯 까마득한 산 88번지를 올랐다

새주둥이처럼 때에 절은
가난한 입들
눈물 비벼 배를 채웠다

목구멍이 포도청이라
마누라는 국밥집에 나가 국밥을 말고
자식놈들은 이발소에 나가 머리를 감았다

불고기판에서는 지글지글 고기가 타는데
목이 긴 유리잔마다 축복처럼 철철 술이 넘쳐나는데
뚱뚱보 정객은 단상을 치며 민주주의를 외치는데
일요일마다 교회마다 종이 우는데

주먹 하나로 버텨온 가장은
날마다 피오줌 새어 나오다가

그만 자리에 누워 눈을 감았다

— 너희들에게 물려주는 건 오직 몸뿐 남에게 의지 말고 정직하
게 살아다오

가난한 가장은 죽어 재가 되어
그가 가끔 와 가래침을 뱉던
한강 위에 뿌려졌다

잡풀처럼 애들은 죽지 않고
완강한 특별시의 시멘트 틈으로
고개를 쳐드는 잡풀처럼
밟혀도 밟혀도 살아나곤 하였다

청계천 공장에 나가 밤새 미싱을 돌리는 애
철물 공장에 나가 싯뻘건 쇳물을 퍼붓는 애
짜장면 집에서 짜장면 그릇 나르는 애

그 중에 약골 어린 딸 하나
야윈 목에 날개가 돋혔는가

잽싸게 달리기를 잘하여
소학교 때부터 그걸로 밥을 먹었다

남 빵 먹을 때 보기만 하고
남 우유 마실 때 보기만 하고
밤 늦게 파김치 되어 돌아온 엄마의
괴춤에 감춘 남이 먹다 남긴 고기 부스러기
앞에 놓고 서로 부둥켜 안고 울었다

정직은 가난
가난은 죄인가
죄는 하늘이 주는가

이를 악물고 뛰자
죽은 아빠의 넋을 머리에 이고
불에 덴 짐승처럼 달리자
사는 길은 오직 이뿐
유일한 자본은 몸 하나뿐

어느새 열 일곱 처녀이지만

남들처럼 미장원도 가지 못하고
남들처럼 예쁜 옷 사입지 못하고
자나 깨나 몸 하나 빈 몸
뛰고 또 뛸 뿐

커다란 경기
커다랗게 열려
달리는 동안
순대를 쓸던 엄마는 테레비를 보며
흐느껴 울었다

하나 제치고 4등
또 하나 제치고 3등
또 하나, 또 하나
드디어 골인

신기록이다, 티비마다 신문마다
장구치고 북치고
그녀의 가는 목에 어디서 나온 금인가
금메달이 번쩍거렸다

두 팔을 번쩍 쳐들고
활짝 웃어라, 카메라를 대고,
주야로 돌봐주신 각하께
감사하다고 말하라, 마이크를 대어도
쪼르륵 배가 고플 뿐

꽃다발은 나에게 무엇인가
금메달은 나에게 무엇인가
그녀의 메마른 몸 속에는
혼자 울던 아버지의 깊은 밤이
소낙비처럼 쏟아지고 있었다

해바라기를 바라보며

해를 바라
돌아가는
해바라길 보아라
보는 것 들리는 것
죄다 숨 답답한 날
이글이글 타오르는
저기 저 해바라길 보아라
죽어서 철새가 되고 싶다는
초록빛 보푼 가슴마다
둥근 꿈을 심어 주는 걸
누가 죄라 하겠느냐
한겨레 어울려
징소리에 모닥불 눈물 흘리며
아리랑 춤출 날 기다리는 걸
어느 누가 죄라 하겠느냐
바른 것 사랑하는 뜨거운 마음 하나로
곧은 가시밭길 걸어가는 걸
죄라 내모는 세상이
진실로 진실로 죄가 아니겠느냐
슬픔이 빗물처럼 고이는 날

해를 따라

돌아가는

이글이글 타는 얼굴

저 앳된 해바라길 보아라

섬 안의 새

타이완의 열 아홉 살 꾸냥,
시골에서 다달이 부쳐오는 돈으로
학교를 다니는 그녀의 셋방
어둑한 방문 앞에
그녀의 어깨처럼
— 마르디 마른 한 쌍의 밀어

대륙에다 처자 두고 건너왔는지
깊은 산 속 포농족 옷 벗고 흘러왔는지
때절은 앞치마를 두르고 밤낮
수입밀가루 반죽으로 만두를 찌는
늙은이의 허물어진 처마 밑에
그의 굵은 손마디처럼
— 부리 긴 홀아비새의 졸음

두꺼운 돋보기를 걸친
가끔마다 바튼 기침을 뱉는
노오란 약방 주인,
소화약, 피임약, 간장약…… 바다 멀리 건너와
병을 기다리고 있는데

턱괴고 선잠 든 주인처럼
— 언제나 서서 자는 홀어미새의 숨죽인 울음

바다 위 끝없는 풍랑에 섬이 떠 있고
섬 위에 단칸 삭월세방처럼 새장이 있다
새장 안에는 무엇이 있는가
깃발인가, 부러진 나래인가
— 저마다 모시는 핏빛 감옥과 아, 갇혀 있는 꽃잎들

대밭에서

사운대는 대밭의
잠들지 못하는 기침소리
한 겨울 칼바람 소리
어느 넋이 와서 우나
어느 몽달 귀신 떠돌다
머리 풀고 와 우나
논뙈기 밭뙈기 죄다 털리고
대처에서 종노릇하다 죽은
사촌이 와서 우나
별도 감춘 깊은 밤
빈 손으로 서서 울다가
더러는 화살이 되어
미운 이의 가슴으로 후둘후둘 날아가고
더러는 붓이 되어
그리운 이의 가슴으로 천리만리 달린다만
모시적삼 고운 아씨
누구한테 빼앗기고
여기 와서 밤새 우나
사르륵 싸르륵
눈은 쌓이고
연일 눈이 쌓여 길은 막히고

봄

올해는

웬일로

대가 타서

다 죽느냐

한 겨울 칼바람이

대의 목을 조르나

노랗게 타서

황사 바람에 흔들리는

한반도의

봄,

아 목련 피는

실업의 봄

십이월

숨차게 돌아가는
톱니바퀴 발걸음 소리
휴지 날리는
칼바람 휘익 지나가고
오라, 가라로 다 닳은
목숨의 잔고를 정리하면서
홀로 술잔을 드는 달
도끼날로 뛰어다닌
나날들이 유순하게
가랑잎으로 모여
불을 지피고
두터운 벽에 숨어
한평생 버렸던
한울님을 찾는 달
뿌린 말들이 새떼가 되어
흐린 하늘을
정처없이 휘돌 때,
대지에 입술 맞추며
나직이 나직이
흐느끼는 달

문득 저승의

무거운 발자국 소리가

마른 어깨를 지나

저벅저벅

빈 손 위로 들려오는 달

어느 날 백화점에서

어느 나라 동화의
요정들인가
볼 붉은 복사꽃 싱그런 처녀들
어깨 고운 왕자 같은 청년들
어우러져 선물을 고르고
일렁일렁
몇 잔의 포도주에 취한
상품들이
여기에서 호호
저기에서 까르르 까르르
발꿈치 때 검은
촌뜨기와 내 어깨에 매달린
가난한 동굴의 권속
다른 나라에 온 것 같구나
세상은 이렇게
부비고 부비면서
케세라—케세라 돌아가는데,
나는 어느 나라 망명객이냐,
만년설의 산사
벼랑 위에서

잘 드는 칼날 하나
찾고 싶구나

개 같은 내 인생

아침일찍 신발끈을 조여맨다
도시락의 김치냄새
하루종일 시키는 대로
허둥지둥 달려야 한다
하루의 양식을 위하여
한끼의 목숨을 위하여
하늘의 구름을 볼 엄두도 없이
무엇 때문에 흘리는지
흐르는 땀에 물어볼 엄두도 없이
뛰어 다닌다
풀어진 신발끈을 다시 조이며
조이자 기름치자
쓸개도 없이 쓰레기처럼
간도 없이 간신처럼
남의 땅을 헤매는
개 같은 내 인생
길은 누구의 소유인가
밤 열두시에야 심야의 열차처럼
간이역에 와 구두끈을 풀어 놓는
눈물어린 밥상
꿈도 없이 쓰러진다

제2부

아름다운 슬픔

슬픔이 아름답다고 하는 것은
아름다움이 아니다
그러나 어쩌랴
슬픔도 조히 십년쯤은 걸려
옥이 되는 슬픔을
불면으로 지켜 본다는 것은
아름다움이 아니고
또 무엇이랴
독한 슬픔은 불에 들어가도
재가 되지 않는다
흙에 들어가도
흙이 되지 않는다
슬픔은 요단강을 건너야
비로소 꽃이 핀다는 말은
정말이 아니다
가슴에 산을 품은
그대는 알 것이다
더러는 눈이 멀어야
세상의 끝이 환히 보이듯이
슬픔도 핏속에 들어가 한 십년쯤은

잘 견뎌야
부처의 사리처럼
빛이 되는 이치를
슬픔이 아름답다고 하는 것은
아름다움이 아니다
그러나 어쩌랴
세상이 다 날 속여도
사노라면 슬픔만한 아름다움이
또 어디 있으랴

흐린 날·2

가늘게 열이 오른다
어린 날 홍역에 걸리어
바라보던 안집 뒤란의
이글이글 터지던 석류꽃
다시 피어난다
단추를 두어 개 풀고
문틈으로 바라보는
세상살이
눈이 내리려는지
야트막하게 구름
하루종일 덮여 있고
모든 것 고즈너기
언도를 기다리는 죄수처럼
숨죽여 엎드려 있다
떠돌던 발목이
반쯤 흙 속에 묻히어
울고 있다
면회를 가는지
머리에 밥을 인 아낙
외나무 다리를 건너는 게

멀리 보인다

모닥불처럼 열이 오른다

쇠잔한 육신을 흔들며

꽃처럼, 전율처럼 열이 오른다

눈 오는 날의 가설

독한 배갈에 젖어 골목을 헤매다가 쓰러지다가 문득 만나는 꿈의 껍질들 이미 내다버린 꿈의 가면들이 우르르 몰려든다 목을 죄는 놈, 달려드는 놈, 벼라별 도깨비들이 아우성이다 열 살 때 죽은 닭의 목, 신새벽마다 울던 꼬끼오 꼬끼오오 외치던 소리를 내놓으라 한다 스무살 때 구어먹은 살점, 소들이 뿔을 들이대며 새경을 물어내야 할 게 아니냐 한다 훔쳐 먹은 밥들도 이제 임자를 찾아주어야 할 게 아니냐 한다

눈은 나리는데, 군단으로 눈보라가 몰려 오는데, 간직해야 할 불씨는 어디 있는가 겁 없이 밤은 오는데, 계엄군처럼 밤은 오는데, 더불어 들어야 할 깃발은 어디 있는가 산은 하나 둘 상여에 실리어 둥둥 떠나가고, 마을도 떠나가고, 부릅뜬 고지서만 남아 미친 듯이 빈 집을 찾아 헤매는데, 복사꽃 울다 간 시의 꽃잎이 문풍지처럼 우는데

눈 덮인 시베리아, 아득한 지평선 위로 스러지는 아, 외줄기 발자국

땅심

그래, 옳지
땅은 심이지
땅하고
울리는 땅엔
심줄이 있어
염통이 있어
땅의 동맥
땅의 펄떡임
땅의 환희
땅의 분노
그래, 옳지
땅은 심이지
새벽마다
벌떡벌떡 일어나는
꼿꼿한 심이지
땅의 자궁
땅의 태
줄기줄기 솟구쳐
굽이굽이 피가 흘러
쑥국새 우는 마을마다

누에 잠든 고을마다
땅심을 키우는
땅심이 살아
그래, 옳지
땅은 심이지
뭐, 아는 게 힘이라고
아냐, 그게 아니지
하는 게 심
밥을 만드는 게 심
그게 진짜 심이지
사랑한다고 등쳐먹는
그런 사랑 아니고
병 주고 약 주는
그런 말씀 아니고
사람이 하늘이고
하늘이 사람인
바랭풀이 같은
사람의 얼
그게 심이지
그래, 그래

옳지, 그래

땀 흘리는 땅

그게 심이지

말뚝

별들이 달아나는 밤에
말뚝이 박히고
논어에도 맹자의 손바닥에도
눈에 못이 박히듯
말뚝이 박히고
박힌 말뚝은
얼이 몽땅 빠져서
열로 스물로 늘었다
말뚝아, 말뚝아
광화문 가슴팍
서귀포 아랫도리에
꽂힌 말뚝아
맞아도 울지 못하는
말뚝아
구들이랑 봉숭아 뜨락이랑
미망인의 춤이랑, 그 꼬리에
떼놈, 왜놈, 양놈이랑 그 복판에
말뚝이 꽂히고
꽂힌 말뚝을 몰아내는
황토 핏빛 분노가

동해로 서해로

강물처럼 실려갔다

말뚝아, 팔다리 빼앗긴

말뚝아

동서남북에서 일어서는

곰배팔이, 눈코 문드러진

말뚝아

쪽두리 꽃 핀 상여길

어화 따알랑
산수유 노오랗게 흔들리는 날
상여 간다
울음도 없이
정적의 끝으로
끝없이 간다
살아 생전 흙속에 산 이의
오두막 호롱불이
바람에 흔들린다
밟히는 잔디 위에
모처럼 쪽두리 쓰고
고개 떨군
아침 이슬
흙으로 돌아가는
한 뼘 삶의
황토 고개 마루에
뿌연 황사가 인다
때절은 홀아비 그냥 바람찬 이승에 놔두고
철없는 새끼들 그냥 불끼없는 사글세방에 놔 두고
어화 따알랑

진달래 보풀은 산 모롱이로
꽃상여 간다

이 시대의 자유 · 1

강물이 뒤돌아보며 멈췄다가 흘러가곤 하였다
모래 위 무수한 발자국마다 비닐 빈 봉지가 뒹굴었다
몇끼니를 굶은 젊은 실업자가 구두를 신은 채
다 닳은 뒤축처럼 코 골며 낮잠을 잤다
개망초가 일제히 좌우로 흔들렸다
새장을 빠져나온 어린 잉꼬 한 마리가 제비 틈에 날았다
전기줄에 앉았다, 붉은 발톱을 떨며 후다닥 솟아 올랐다
내일이나 모레쯤 죽을 것이다 무언가의 밥이 될 것이다
강건너 모래를 쌓아 만든 길 위로는 차들이 쉴 새없이 굴러가고
야트막한 산머리에는 노을에 젖은 구름이 손수건처럼 흔들렸다
집집마다 전자계산기 같은 하루분의 불빛이 조심스럽게 새어
나왔다

이 시대의 자유·2

370215-1450907
컴퓨터에 집어 넣으면
몇초 만에 나오는
등급은 전신
0018827
총대를 메고 눈을 맞으며
잠든 병기고 옆에서
서서 자던 나날의
청춘
다달의 월급 봉투에
여섯 개의 굴딱지가
단단히 붙어 있다
아내한테 탄
하루분의 지폐 한 장
한 장의 울타리와
그 울타리에 머무는
굴레

이 시대의 자유 · 3

돈은 자유다
황금의 창공 무한
날개는 법이다
자, 법 앞에 평등이다
평등이다
황금의 화려한 나라
불야성의 나라
어디나 무사통과다
돈이여, 돈
이 시대의 신이여
신의 자유여
자유는 돈이다
황금 만세
자유 만만세

무언일無言日

네모진 성냥갑
아파트마다
층층이 사람은
갇히고,
벌레가 알을 슬듯
자식들을 기른다

시멘트 처마 아래
녹슨 새장마다
쌍쌍이 새들은
갇혀서,
산이 그리워
뭐라고 운다

다른 나라
무더운 하숙집
모국어를
버리고,
좁은 빌딩 위로 흘러가는
구름을 본다

말없이, 말을 놓고
몸으로 사는 날
차 한잔 앞에 놓고
뭐라고 쓸까
내 삶의 백지 위
처마 끝에 머무는 바람 소리

제3부

빗소리를 들으며

꿈지럭 꿈지럭
허리 잘린 벌레의
안간힘, 이내 고요함
꿈틀꿈틀
입천장에 붙은 낙지의
단단한 흡반, 이내 조용함
그 적막한 모랫벌에
낙엽이 날린다
휘휘 훑으며
잔치 끝난 어지러움 위로
하나 둘
불이 꺼진다
젊음의 한 허리를
계백이 처자 목을 버히듯
잘라내고 산 중에 든
젊은 스님의
새벽 목탁 종소리
간간히 빗소리에
각혈처럼 섞여 오고
휘적휘적 걸어온

길목 나루마다

내버린 신발짝 같은 거

고단한 짐마차의 소와 같은 거

형벌처럼 따라온다

출렁이는

산 자의 벗겨진 등성이에

사람살려사람살려

그런 외침도 들려온다

위대한 재,

재의 끝없는 바람이

일었다 사라진다

병病 · 1

심심하다

병 없이는 심심하다

병 끝에 까마귀 우짖는 들판이 온다 하여도

하얗게 널려 있는 나날

무슨 핑계로

이 짐을 끌고 가랴

병病 · 2

참는 게 약이니라
참는 데는
드는 게 없다
바스러진 몸,
개처럼 새우잠
굶는 재주뿐
굶으면, 며칠을 굶으면
어질어질 고누기 어렵지만
더러는 병도 먹은 게 없어선지
슬그머니 도망가 버렸다
그러나, 병도
돈있고 권세있는 자는
역시 무서운지
자주 나를 찾아
손을 벌렸다
통째로 달라고
때론 눈을 부릅뜨기도 했다
밑천이라고는
귀밑머리 하얗게 날리는
허물어진 육신뿐

참는 게 약인가
참는 것밖에
또 무엇이 있는가
또 무엇이 남아 있는가

불 꺼진 창

두 눈을 빼앗기고
전장에서
돌아왔다

이긴 것은 너였다

배부른 네 놈을
지키려고
네 놈의 키들대는
잠자리를 위해서
배고픔에 떨며 싸웠다

네 놈이 주는
한 톨의
모이

— 떨리는 방아쇠

초소에서
죽은 어머니의 사진을 보던

그 사람은
가고

머리 풀고
우는 어둠뿐
할복한
어둠뿐

입김

성에를 녹인다
밖을 내다 본다, 빠끔한 세상
들떠 차바퀴처럼 돌고……
돌다가 멎은 물레방아
갇힌 벌레다 앓는 자,
묶인 곰이다
발바닥만 겨우내 핥는
빈 나뭇가지에
신새벽 나와 앉은 산새
코 묻고 연탄내 나는 슬레트 지붕 위에
쓰러진 어린 새를
묵묵히 바라본다
산 새와 잠든 새의 거리를
누가 녹일 수 있을까
살아 움직이는 것들은
작은 열기를 뿜어내지만
새의 무게를 받드는
한 그루 나무
피 버리고 살아 있다
땅 위에서, 움직이는 것들의
아늑한 하늘 위에서

소묘들

1

짜르르 짜 짜르르
새장 안에 든
새가 한 차례 울고 나면
차바퀴 구르는 소리
거친 들 달리는 말의 흙바람으로
들리기 시작한다
한 놈, 두 놈…… 떼지어
잠든 머리맡을 짓밟고 지나간다

2

날아가는 새에겐
돈이 없다
춤추는 나비에겐
은행이 없다
나무열매 따 먹는 원숭이에겐
주머니가 없다
땅 위의 사람에겐
그들이 지은 집처럼
부른 배가 ×처럼 솟아 있다

3

나무는 나무
말이 없다
국어를 버리고
늘 서 있다

4

땅 위에 사람 있고
사람 위에 돈이 있고
돈 위에 칼이 있다
칼 위엔 또 무엇이 있나

사람 아래
땅이 있고
땅 아래
뼈가 있다
뼈 아랜
또 무엇이 있나

바겐세일

사세요, 사세요
웃음을 사세요, 믿음을 사세요
몸을 사세요, 말을 사세요
사세요, 사세요
쓸개를 사세요, 간을 사세요
박사를 사세요, 끼어서 교수도 팝니다
대통령을 사세요, 끼어서 국회의원도 팝니다
싸구려 막떨이
사세요, 사세요
한국을 사세요, 아메리카를 사세요
단군을 사세요, 예수를 사세요
반값에 사세요, 후회 마세요
둥글둥글 도는 세상
둥글둥글 사세요
사람을 사세요, 인격을 사세요
진짜예요 진짜
밑지고 막 팔아요
돈이 되는 것은 다 팔아요
사세요, 사세요
싸구려요, 싸구려

동녘 무지개

쉰이 넘으니
가을이 보였다
가을의 눈부신 햇살을 받아두기에는
그릇이 작은 걸 알았다
어디라 없이 길은 뻗어 있지만
어디라 없이 길은 막혀 있는
이 한반도의 가을
한내 작은 산 마을에
깨어있는 물이 대숲을 헤치며
나지막하게 속삭이고 있었다
— 바보가 어진 자니라
— 없는 자가 있는 자니라
굽은 당신의 허리와
사시사철 허름한 잠바 차림의
쇠스랑 손가락 말씀
배암도 개구리도 맘대로 드나드는
문이 없어 문뿐인 당신의 집엔
당신을 구박하던 마나님도 없고
자식마냥 아끼던 소도 보이지 않았다
꺼먹 장화 신은 낯선 장년의 사내가

아래 위를 훑어보며 거 뉘시오?
낫들고 물었다
당신이 돌아가기 무섭게
땅 팔아 집 팔아 서울로 가고
당신이 가꾼 대숲에는
솔솔 당신의 음성처럼
개울물이 흘렀다
알밤을 주우며 당신 무덤에 오르니
누가 버렸나, 뒹굴고 있는 소주병
무릎 꿇고 절을 올리니
이게 웬일일까 뚝뚝 비가 들었다
마른 어깨에 꽂히는 빗방울
해는 서서히 넘어 가고
동녘 하늘의 아, 무지개
몇 십년 만인가, 활시위로 빛나는
꽃무지개!
한내의 한 영혼은 가고
그의 피땀을 팔아 피붙이는 죄다 서울로 가고
주인이 바뀐 그의 땅엔
빈 무덤만 남아

손가락질 하며 말했다
— 저걸 보아라
— 저 무지갤 보아라
풀벌레 우는 길가에는
풀꽃이 뽀오얗게 먼지를 쓰고
쉰의 고개 마루에
모래 바람이 우우 불었다

제4부

걸인송乞人頌

타이뻬이台北에서의 어느 날

한 켠에는 거인처럼 빌딩이 올라가고
한 켠에는 썩은 지붕 위에 갈대가 우거져 있어
서양 녀석 금발 날리며 뛰어가고
오토바이 몰고가는 여인도 있어
숨은 듯 천주당도 있고
나무관세음보살
거리마다 죄업소멸이 붙어 있어
느릿느릿 사투리로 걸어가는
새벽 골목에
거지 한 사람 자고 있어
사타구니 다 드러내놓고
선사처럼 쿨쿨 자고 있어
머리맡에 조간신문들이
술 취해 뒹굴고
미국 바람, 일본 바람
휩쓰는 섬에
거지 한 사람 자고 있어
세상 나 몰라라, 수판의 숲 속에
드르렁 드르렁 장군처럼 코 골며 자고 있어
거지여, 거지여

대만의 혼이여

사람 중에 사람

거지 한 사람

굳은 땅 위에서 죽은 듯 자고 있어

가뭄

미치게 밤꽃이 피었다야

하루 종일 뻐꾹새 뻐꾹뻐꾹

빈 무덤가에 우는데

타는 가뭄 쩍쩍 갈라진 가슴

미친년 속것마냥 밤꽃이 피었다야

쓸만한 눔 모조리 서울로 가고

둥둥 뜨는 빈쭉정이만 이렇게 남아

꽝꽝 파는 호미 끝의 튀는 별똥별

돈 벌러 간 녀석은 두어 해 지나도록 일자 소식이 없고

조합 이자만 지슴처럼 하루하루 늘어나는데

농약병 뒹구는 밭두렁에 찔레꽃

환장하게 피었다야

하늘을 쳐다보면 이글이글 해만 타고

동구 앞 길을 바라보면 바글바글 애만 타고

아, 미치게 찔레꽃만

애간장 조이며 흐드러지게 피었다야

사람아, 사람아

해질녘
집을 찾아 뿔뿔이 돌아가는
출출한 시간에
막걸리로 목을 축이는
기인 그림자
사람아
말없이 하루가 가고
또 말없이 하루를 보내는
정직한 이마,
사람을 아는 사람아
흙에서 태어나
다시 흙으로 돌아가는
한나절 짧은 삶을
힘껏 껴안는
사람아
기인 강둑 따라
아슬히 이어진 길을
혼자 걸으며
더러는 강심에다
작은 조약돌

던져보는 사람아

술처럼 끓어오르는 가슴에

코스모스 꽃잎이

피어나는

눈물 가득한

사람아

홀로 가는 사람아

보고 싶거든 별을 보렴

맑은 햇살이
나비인 양 풀풀 날고
하늘, 푸른 바다로 열린 날

보고 싶어라
땅 위의 한 사람
풀꽃 같은 한 사람

함초롬 이슬이
풀잎마다 구슬로 영그는
풋풋한 풀밭 밤 언덕에
누워 날아가는 밤새 소리를
귀 기울여 듣곤 했었지

솔잎 향긋한 내음
누군가의 늙은 무덤가에 앉아서
멀리 시가지의 불빛 꽃밭을 바라보며
흘러가는 강물의 숨소리를
가슴 풀어 듣곤 했었지

보고싶거든
그 밤마냥 총총히 꽃 바구니 들고 나온
별들을 보렴
별 하나 나 하나, 별 둘 나 둘
하나하나 헤아려 보렴
때론 가늘한 음악이 울려오리니

맑은 바람 한 줄기
들판을 지나 옷깃 스치고
새 한 마리 창공을 날으는 날

보고 싶어라
높은 산꼭대기에 올라
멀리 바라보고 싶어라

가을 햇살

너의 감추어둔 염통이 보인다
마른 풀 앞에 누운
고개 숙인 햇살,
무수한 너의 흥분을 걸러
차돌처럼 가라앉은 앙금이
먼 길 떠날 채비를 한다
남쪽나라 머언 바다를 찾아갈
제비 몇 마리
마지막으로 휘도는 하늘에
메아리 치는 것
닦고 보아도 나타나지 않는 것
끓어오른 피의 일렁거림 끝에
이슬 한 방울이 맺힌다
마지막 남은 날이여
소복이 담은 것 떨쳐버리고
살았던 사랑과 결별하는 등성이에
바람이 분다
이런 날,
나의 음험한 죄도
투명하게 보인다

부러진 날개의 낙하가

아름답게 보인다

무등차無等茶

등피에 어리는
뽀오얀 입김인 듯
자욱한 안개
유리창 너머로
한 잔의 차를
정좌하고 바라본다
오래간만에 시계를 풀고
입술을 적시는 풀빛 향,
무등에서 보내 준 한 모금
햇살이 환하다
젖은 낙엽이
나비처럼 창에 붙어
기웃거린다
이 쓸쓸하고 넉넉한
무량의 공간을
손을 씻어 두 손으로 받치며
무릎의 상처를
잠시 잊는다

향천사香泉寺를 생각하며

네 산골짝에 물소리
조로롱 조로롱 덤불 밑을 흐르느냐
네 산골짝
숨겨둔 절에
파초잎으로 싸둔
감빛 눈물이 있느냐
개망초 한 송이 따서
내게 주던 너의 손
꽃잎처럼 물을 따라서
만경창파 바다로 갔느냐
네가 떠준 한 모금의 물이
해와 달이 되어 내 몸을 삼백 예순 날 돌고 있다만
저녁놀 붉은 종소리에
너, 백팔 염주알 굴리고 있느냐
새벽마다 네가 준 향을 사르며
내 바라는 것은 바램을 지우는 거였지
너의 다섯 손가락,
하나로 펴는 열 손가락
목탁소리 별빛에 젖어 있느냐
언제 다시 만나
물이 되어 흐르겠느냐

또 부여에 와서 · 1

부소산 솔밭 위로
흰 구름 삼삼오오
흘러가는 곳
흐르다 강물 만나
발을 멈추고
천년, 안으로 간직한 말씀을
둘이서 듣다가
하나가 되는 곳
흙에서 일어난 땀들이
불을 뚫고 어울려
노래하는 곳
손을 잡고 둥글게
춤을 추는 곳

또 부여에 와서 · 2

시간이 쌓여 돌이 되는 곳
모래가 되었다가 물이 되었다가
강물로 흘러가는 곳
강물은 또 흘러 몇 천리
피가 되었다가 꽃이 되었다가
어느새 노을로 피어나는 곳
불이었다가 재였다가
마침내 바람이 되는 곳

또 부여에 와서 · 3

박물관 뜨락에는
부러진 돌들이
피를 거둔 채 앉아 있거나
더러는 누워있다
구석기→신석기→백제→통일신라→고려→조선→또, 또→
돌로 만든 목욕탕
밑바닥에 성기처럼
구멍이 뚫려 있다
문을 두드리듯 두드려도
말이 없다
돌소리를 낼 뿐
참새 한 마리
날아와 검은 돌 위에
고개를 박고 있다
썩는 푸른
날개,
날개의 하늘과 솔밭
스치는 바람소리

봉황산

저 푸른 가을 창공을
두 어깨로 가만히
떠받치고 있고나

버들관음의 보드랍게
흘러내린
당신의 어깨

물에 헹군 햇살이
눈부시게 철철
넘쳐나고 있고나

바위 하나로
비바람에도 꺼지지 않는
촛불 같은 꿈,

청청한 다박솔로
마디마디 향을 받들며
자라나고 있고나

활활 날개를 치며

언젠가 구천에 높이 솟을

당신의 미소 띈 말없음이

여기 서 있고나

제5부

구름에게

구름의 노래

또 계룡산을 넘으며

오뉘탑

신흥암

연천봉連天峯

또 산에 와서

목이 타거든 이리로 오게

가을 빗소리

그니

아침

가을 일기日記

구름에게

땅 위에 땅금
굵게 그어 놓고
나는 왕이다
너는 종이다
으르렁 으르렁
큰 것은 작은 걸 먹고
작은 것은 더 작은 걸 먹고
피묻은 입 닦으며 이긴 자
역사를 꾸미지만
너, 구름아
네 조국은 어디냐
네 혈육은 누구냐
해와 달과 별들이
변덕없이 살아가는
하늘에, 우러르면
너, 떠 있고나
괴나리 봇짐 하나 없이
어딘가 정처 없이
너, 가고 있고나
머언 나라 작은 섬

대만에 와서

둥근 육체, 너

너에게 서툰 사투리로

손을 흔든다

구름의 노래

하늘에는 구름
구름이 있네
어린 날 누이 같은
궁궐이 있네
등짐 메고 한 걸음
걷다가 쉴 때
숲 속의 등불처럼
머리 위에 아득히
구름이 있네
잃어버린 꿈결 같은
노래가 있네
동양피, 서양피
하나로 섞여
둥둥 떠가는
말씀이 있네
기뻐도 기뻐하지 않고
슬퍼도 슬퍼하지 않는
슬픈 사람의
뒷모습이 있네
영 넘어 사라지는
기인 그림자가 있네

또 계룡산을 넘으며

풀이 죽어 있었어
누가 그대 정수리에 안테나를 꽂고
누가 그대 아랫도리 내장을 다 긁어내는가
신경을 죽인 이빨처럼
아프다는 말도 못하고
누워 있었어
도인을 키우던
산협과
한 맺힌 작은 봉우리마다
살기가 어려 있었어
새들도 주눅이 들었는가
떠는 나뭇가지에서 나뭇가지로
조심스럽게 옮겨 앉고
이제 도도 죽었는지
바람의 흐느낌만
가늘게 가늘게 들렸어
기우는 햇살에
떨어지는 잎들이 울었어
못 푼 꿈들은 또 정처도 없이
어디메를 떠돌아야 하는가

양코배기 나라에서 사온
무기들이 숨을 죽이고 있었어
방아쇠 당기기를 기다리고 있었어
빌어야 할 하늘도 쫓겨나
머리풀고 있었어
겨레의 산, 계룡은

오뉘탑

상원사지上願寺址

몇 가지 말씀을
십자로 동여매면서
해질녘
계룡의 산허리를
넘다가
잠시 땀을 들이며
샘물로 목을 축인다
한밤 내
열 오른 스님의
목을 축이듯
산 속에서 그리운 것은 사람이라
떨어진 살이라
바위를 깎아 기둥을 세우고
풀을 베어 지붕을 덮어
한 칸 절을 짓고서
밤마다 심지를 돋구며
달아오르는 열,
그 숨가쁜 열을 잠재우려던 불이
비추어 보인다
그 번득거리는 칼날이 보인다

잡으려 해도 잡을 수 없는
손, 안타까운 거리는
이제 거리가 아니다
마주선 두 탑을 빙빙 돌며
빈 소줏병에 새벽 샘물을 담는다

신흥암

한때 나는 나를 부수기 위해
한여름 신흥암에서 보냈다

토굴에서 지네와 며칠 밤
무너진 중사자암에서 며칠 낮

낮이나 밤이나 뱀들이 또아리를 틀었고
물 흘러가는 소리가 들렸다

태양 아래 부끄러울 것 없이
알몸으로 너럭바위에 앉았노라면

잣나무 한 그루
내 어깨를 짚어주곤 하였다

똘망똘망 싱그러운 별밭을 헤이며
나무 아래 돌이 되다가, 머슴새 되다가

안다는 것 버리고
물이 되어 돌아왔다

목이 말라 몇해 만에 찾아오니
여전히 아궁이에는 장작불이 이글거리는데
아무도 얼씬거리지 않았다

연천봉連天峯

김처사를 생각하며

통 말이 없는 머슴이 있었다
평안돈가에서 흘러온 김씨, 이름도 없었다
중도 애들도 김씨라 부르면 그는 언제나 예, 예 했다
춘파노스님은 장기를 좋아했다 장기를 두는 사람이면
문을 걸어 잠그고 못 가게 했다
멍군, 장군 관계없이 김씨는 벙어리처럼 일만 했다
나무 하기, 산 밑 이십리 노성장에 가서 쌀 팔아 오기, 손님 짐 나
르기……
빈 몸으로도 몇 시간 오르는 산길을
쌀 한 가마를 지고도 눈깜짝할 새에 올랐다
수근수근 축지법을 쓴다고 했다
장닭 홰를 치는 신새벽 제일로 일찍 일어나
봉우리 아래 그가 쌓은 제단에
별빛 넘치는 정화수 한 대접 떠놓고
무릎이 닳도록 절을 올렸다
비가 오나 눈이 오나 일년 열두달 거르는 일이 없었다
그러나, 그의 입에서 나오는 말은 언제나 예, 예 한 가지였다
그런데, 어느 새벽 오줌 누러 나갔던 점박이 처사가 김씨 입에서
샘물로 새어 나오는 말 몇마디를 얼핏 들었다
— 원혼님, 편히 쉬소서, 척양척왜 우리 한울님

— 원혼님, 때가 오나이다 포덕천하 광제창생

흐느끼는 소리에 그믐달이 마악 잠기고 있었다

하늘 닿는 바위 머리에 촛불 켜놓고

장작개비처럼 바짝 마른 김씨는 해 뜰 때까지 그냥 서 있었다

새경도 없는 머슴, 다들 바보라 했다 천치 김씨라 했다

북녘 땅이 바라뵈는 산언덕에 그의 떨리는 뼈는 묻혀 한울이 되었다

또 산에 와서

마른 산
낙엽 쌓인 골짜기에 와
우는 자여
엉엉 목놓아 우는 자여
멀리 두고 온 인간사의 끈을 끊고
우는 자여
이 머리칼은 무엇인가
이 몸뚱어리는 무엇인가
파아란 가을 하늘에
머리를 묻고
소리쳐 통곡하는 자여
그리운 것 그립다 말도 못하고
미운 것 밉다 말도 못하고
쫓기듯 홀로 산에 와서
머리 풀고 우는 자여
갈수록 무겁고 나날이 더러워지는
바람부는 등성이에 서서
손을 흔들면
갈매기 날개로 날아가는
아득한 것들이여

찧고, 씹고, 찌르고

강자의 이빨이여, 피묻은 아가리여

숨어 산 속에 와

떨어지는 해를 바라보며 우노라

주먹 같은 별을 이마로 이며 우노라

갈갈이 제 몸 찢으며

짐승처럼 우는 자여

목이 타거든 이리로 오게

서산송瑞山頌

톱니바퀴로 삐걱이는

팍팍한 날

이리로 오게

목이 타거든

시계 풀고 이리로 오게

어디를 쬐금만 파도

콸콸 생수가 솟는

기름진 들녘

가야산 기슭 마애불의 앳된 미소가

뽀오얗게 피어 오르느니

옥녀봉에 올라가 보게

도비산에 올라가 보게

끼니 때마다 모락모락 연기 피어 오르는

다수운 마을

고샅마다 마늘, 생강이

가득가득 자라고 있느니

종로에서 뺨 맞거나

으슬으슬 서러운 날
이리로 오게
정이 그립거든
넥타이 풀고 이리로 오게

느릿느릿 걷는 발걸음
느릿느릿 스산 사투리
— 이게 얼마 만이라나, 싸게 들어 오너
— 다 무고덜 허신감
— 즐기는 무어니 무어니 해두 그중 몸조심이 제일이라니께
— 메칠 푸욱 묵어 가라구
바다만큼 넉넉한 마음
활짝 문이 늘 열려 있느니

팔봉산에 올라 서 보게
백화산에 올라 서 보게
부드러운 바다, 하얀 해안선
낯선 이의 가슴팍에
하얀 섬 하나 심어주지만
더러는 묵은 때도 벗겨주지만

간월도의 달은 가져가지 못하느니
안면도 솔바람 한점 데려가지 못하느니
바다의 속살 한점 베어가지 못하느니

하늘 끝 날으는 새도
마침내 땅에 돌아와
둥지를 틀어 알을 낳듯이
이리로 오게
바람 부는 날
머리칼 날리며 이리로 오게

가을 빗소리

못을, 마지막 관에
못을 박는가
차가운 바람은
갈기갈기 찢기어
문전마다 기웃거리며
한 세상 한 바퀴 도는데
눈 감지 못하고
이 세상 뜬
한 분의 눈을
두 손으로 감아드리는
산 사람의 맺힌 눈물,
어디 다 뿌리랴, 어디 다 뿌리랴
집을 미처 찾지 못한
작은 나래
상한 벌레의
버리적거리는 신음
한 발짝, 한 발짝
형장으로 걸어가는
사형수의 발걸음 소리
하나, 두울, 세엣……

열 셀 때까지 안 뛰어 내리면

쏜다!

아아홉,

낭떠러지의 까마득한 낙하

머리말에 냉수 한 모금

남겨두고

이 가을,

다시 못 올 마지막 관에

흙을 뿌리는가

그니

1

가만히 감은 그의 눈 앞에

펼쳐지는 바다,

가슴을 열고 파도 위에

그니가 누워 있다

어린날 고향의 붉은 언덕처럼

2

석류알 같은 동굴에는

언제나 봄비가 어둠을

보드랍게 적셨다

술 취한 별 하나

길 잃고 비틀거렸다

3

섬, 하얀 섬이다

은방울꽃 바닷바람에

쪼로롱 쪼롱 우는

그의 악기, 줄을 고르는

아침

내 눈에는 너무 많은 황혼이 보였다 집을 찾아 돌아가는 잘새의 허공에서 또는 패랭이꽃의 언덕에서 잡히는 것은 언제나 독주같은 노을이었다

은자의 화폐같은 아침 안개와 아내의 옛 애인의 출세가 가을 하늘처럼 보이기는 영 글러서 이 눈치 저 눈치 살피며 골목을 빠져나와 돋보기 너머로 여시아문을 외우곤 하였다

세상 모든 게 먹는 것에 팔리어 툭 하면 해바라기 모가지를 자르고 한술 더 떠서 해를 통째로 삼키려고 하였다 바다 건너 억센 아가리의 음모를 알면서 그들의 손에 놀아나 대대로 지켜온 문전옥답이랑 선산을 물금에 팔아 양춤을 추었다 가공한 삶과 정제된 지식을 피임약마냥 아침 저녁 복용하면서 길들여지기에 바빴다 재빠르게 달라붙는 자 살고 혼자 있기를 고집한 자 죽였다

사람 탈을 쓴 구렁이와 여우, 늑대들이 장구치고 북치고, 초치고 지랑치고, 대추놓고 밤놓고, 상주고 상받고, ×주고 돈받고, 돈받고 ×주고 야단이었다

탈을 벗으려고 머리맡에 널부러진 비운 소줏병, 소줏병의 신음소리를 들으며 어둠의 끝에 서서 그리운 이와의 이별처럼 손수건을 흔들었다

막힌 강, 이 안개의 아침, 무슨 깃발을 날릴 것이냐 피 묻은 자본의 벌판에서

가을 일기日記

1

살붙이 훌훌 떠나 버리고
혈혈단신
혼자 서 있는 나무
너를 마주 건너다보니, 나
주렁주렁 매단 무게로
아프다, 뼈가 마디마디
쑤시다
이승에서 배운 것
죄다 쓰레기로 묻고
큰 산 먼 골짜기에
긴 머리채 잘라내고 등잔불로 서서
늘 새벽 옹달샘인 너
이승의 때묻은 손으로
목숨을 말리는
우리네 겨울이
적장처럼 성큼
다가서고 있구나

2

늦은 가을

저벅저벅

내리는 빗 속에는

젖은 너의 뒷모습이 보인다

까마귀떼 나는

어슬한 저녁 답을

적셔가는 빗발 속에는

젖은 너의 머리채가 보인다

하나 둘 불빛이

돋아나는 머언 마을에

추적추적 내리는 빗발 속에는

그리운 것 그립다 말하지 못하고

혼자서 걸어가는 너의 가슴이 보인다

가는 가을

못질 같은 빗 속에

한쪽 너의 가슴이

무수한 돌처럼 날아오는 불씨로

이 커다란 적막을

칠 수 있으랴

3

살 속 깊이

감추어둔

살내음 한 초롱

뼈처럼

백일하에 드러나 있고나

제4시집

오두막 황제

| 차 례 |

제1부 빼앗긴 바다

제2부 가난한 평화

제3부 거친 꿈

제4부 눈발 흩날리는 날엔

제5부 하늘나라 하얀 섬

제1부

빼앗긴 바다

봄밤

1

홀어미 홀로 자는
그믐밤 뒷산
밤꽃이 피었다야
사타구니 기어오르는
먹구렁이 꿈에 감겨
어질머리 밤꽃
저 혼자서 피었다야

2

홀아비 홀로 자다
문득 잠 깨어
오줌 누러 나온 야밤중
늙은 살구나무에
새댁 같은 살구꽃이 피었다야
옴팡 손바닥 뜰팡 밝히며
함빡 저 홀로
살구꽃이 피었다야

봄눈

남과 여
감추어 둔 깊은 살로
서로 껴안아
황홀한 하나의 밤을 만들 듯
끊임없이 치솟는 하나의 포말
거기에다 포개고 또 포개어
드디어 쓰러지는 함성 같은 거
결별의 저 절벽 위에
파도의 널름대는 혀 닿지 않는
어린 절 한 채
빈 새둥주리처럼 허공에 매달려
고개 숙여 희뜩희뜩
저승 소식인 양 흩날리는 봄눈을
가만히 맞고 있나니
펄럭이는 변산 앞바다의 장삼 한 자락으로
내소사 가는 길을
묵묵히 쓸고 있나니

진달래

배곯은 얕은 산 산자락에
모처럼 햇살이 찰찰 넘쳐
여우 새끼 치는 애장 덩굴 따라
까르르 깔깔
긴긴 해 용천배기 간지럼 치는 소리
간 빼 먹는 소리

민들레

1

지난해 고 자리에

지지난해 고 옷 입고

말도 못하고 까맣게 입술이 타

세 살에 죽은 동생

민들레가

피었다

2

겨울의 할퀸

고랑에 숨어

밟힌 것만큼

가막소 추녀 밑에 쪼그린

노오란 눈물

3

갈까나

날아 갈까나

북간도로 시베리아로

도랑 건너 영 너머로

훨훨 날아 갈까나

들장미

녹슨 사상의 빨랫줄 위로
들장미 살 섞으며
우렁우렁 피었네
어지러워라
어지러워라
불타는 살 다 어디로 날아가고
활활 독한 술로 남아
너는 붉은 섬이 되어
내 전체를 휘감느냐
꼼짝 못하게
내 팔다릴 묶느냐

한 사람

한 사람을
불러볼 수 있다는 것은
고향이 아직 있다는 거다
연둣빛 의자에 앉아서
건너다보는 눈빛,
건널 수 없는
겨울강江이다
목숨에 목숨을 포개려는
철없는 불꽃은
눈 속에서만 탈 뿐,
너라고 부르고 싶은
날이 있다
한 사람을 불러도
만날 수 없다는 것은
내가 아직 살아 있다는 거다

웨이밍호를 돌며 · 1

돌아가는 바큇살에 물안개가 감기며,
소나무 굽은 그림자 잠깐씩 제 몸을 흔들며
한 바퀴 또 한 바퀴 도는 둥그런 길엔
청 황조의 무거운 종소리가 고여 있다
피 더운 가슴들이 밤잠 설치던
뜨거운 뜨거운 칼날도 있다
멀고 먼 장정의 벼랑길을 따르던
에드가 스노우의 순결한 무덤을 지나
물 오른 버드나무가지 길을 지나
바라보는 호수의 물은
오늘 따라 왠지 꼼짝하지 않는다
섬 하나 보듬고
가만히 가만히 눈을 깔고 있다
대륙이여, 십이억의 대륙이여
어디로 가고 있는가, 지구의 반쪽
잔설처럼 남아 있는 양심이여
너, 어디로 가고 있는가
해 떠오르기 전
주먹 쥐고 숨 가쁘게 도는 것은
몸 때문만은 아니다 밥 때문만은 아니다

해 뜨는 지평선에 우렁차게 열차가 달리고
해 지는 벌판에 별빛 같은 마을의 평화가 아직 있어서다

* 웨이밍호는 북경대학의 구내 동북쪽에 있는 호수의 이름이다. 어느 이름으로도 그 아름다움을 나타낼 수 없어 미명호未名湖라 붙여졌다고 전한다. 그 남쪽 작은 언덕에 『중국의 붉은 별』의 저자로 널리 알려진 에드가 스노우의 무덤이 있고, 묘비에는 '중국 인민의 벗 에드가 스노우의 무덤[中國人民的朋友 埃德加 斯諾之墓]'이라고 쓰여 있다. 북쪽 끝에는 여든이 훨씬 넘은 생불生佛 같은 지시엔린[季羡林] 선생이 숨은 듯 살고 있었다. 나는 1년간(1993. 2.~1994. 2.) 티벳, 하얼빈 두 차례의 여행을 빼고는 하루도 거르지 않고 그 호수 둘레를 새벽마다 돌았다.

웨이밍호를 돌며 · 2

돈다, 후후 후후
넥타일 맨 젊은이도 돈다
머리채 뒤로 즘맨 아낙도 돈다
어쩌다 잃었나 한팔 노동자도 돈다
인민복에 레닌모를 눌러쓴 노인도 돈다
바다 건너 자본주의 나라에서 온 나그네도 돈다
띠룩 띠룩 몸을 흔들며
해 오르기 전 엷은 어둠이
가는 호수의 허리를 감아서 돈다
낡은 벤치에 앉아 책장을 펼치는
버들가지 아래 여인을 보며,
반바지로 손을 들어 허공을 치는
무거운 짐 조금씩 던다
얼음 풀린 육체의
보풀은 가슴 위로
숨겨둔 조약돌을 던지며
돈다, 휘 휘
휘파람 불며
흰 목수건 감은 할매도 돈다
안경 쓴 늙은 교수도 돈다
동에서 서까지, 남에서 북까지

빼앗긴 바다 · 2

쏼쏼 게 떼가 기어간다
대대로 살아온 집을 빼앗기고
「현대」가 깔아 놓은 검은 아스팔트
불빛 기름진 보도 위로
걸음아 날 살려라, 뼈만 남은 게 떼가
동서남북 기어간다
가도가도 구멍은 없고
비대한 바퀴가 지나간다
부릅뜬 황금의 바퀴가 지나간다
어깨에 별들이 번쩍이는 바퀴
계엄군처럼 부르릉부르릉 지나간다
서방 잃은 게 한 놈이 굽신굽신 절을 한다
에미애비 다 잃은 게 한 놈이 비실비실 매달린다
본체만체 법대로 지나간다
헌법 · 형법 · 민법 또 무슨 법, 법대로 지나간다
염통이 터진다, 굶주린 창자가 터진다
깔린 눈물이 아우성치며 흘러간다
가문 한반도의 아랫도리를 적시며
오월 넘어 유월로 무심코 흘러간다

빼앗긴 바다 · 3

어린 날 잃어버린
헌 고무신 한 짝
홀로 떠돌던 바다,
어이, 하고 부르면
어이, 하고 대답하고
오, 하고 가슴을 치면
오, 하고 가슴을 열던
바다, 열린 바다
가슴 막히는 일 있어
달려가면
섬 하나 띄워 놓고
오라, 오라 손짓하던 바다,
허기지면 정신없이 달려가
굴딱지를 따먹다가 나문재를 뜯다가
고동을 줍다가 할미조개를 캐다가
밀려오는 밀물에 미역 감다가
두꺼비집 지어 놓고
금 나와라 뚝딱, 은 나와라 뚝딱
뛰놀던 너른 은모래,
개펄에 송송 뚫린 구멍마다

능정이도, 농게도 참게도 쫑긋 귀를 세우면
엎드린 해당화 붉은 입술이
설레이던 바다
망둥이 낚시대 위로
훨훨 갈매기 날아가는
주인이 따로 없던 바다
내 것 네 것 따지지 않고 내놓을 거
다 내놓던 바다
이제 주인이 생겨
낯선 자본이 바다의 목을
움켜쥐었다
손발이 잘린 바다
검은 배통 위로 검은 돈이 돌고
통통배 녹슬어
모기 떼 떼지어 운다
한번 간 썰물은 영 돌아오지를 않고
한번 건 밀물은 영 돌아오지를 않고
한 거인의 부동산이 된
쓰러진 아, 고향 앞 바다

낮달

굶다가 병들어
숨 거둔 어린 동생
빈 산 비탈에 묻고
묻힌 눈물 죄다 삭은 뒤
캥캥 여우 울음 따라
허옇게 억새꽃이 날렸다
울음 끝에 숨죽인
울엄니 낮달이
가만히 동치미국물 한 사발 들고
열뜬 머리맡에
떠 있다

집 · 2
늦가을 저녁

빈 들녘에
서 있는 작은 시간의
굽은 등
모락모락 말씀이 피어오르는
물 안 마을의
저, 두어 점 불빛은
누구의 것이냐
달그락달그락 설거지하는
돌모루 산등성이의
저 개밥별은
또 누구의 것이냐
풀벌레 울음 따르릉
따르릉 여울 이루는
어슬녘 낯선 마을에서
손을 씻는다
쫓아오는 미행의
흘러가는 섬머리에
하나 둘
날리는 잎들
마른 유형流刑의 꿈들

어두운 날의 기억

까마귀 떼지어 울었다
길가 공동묘지의 골탕에
총 맞아 쓰러진 한 때의 젊음,
아무도 그 쪽을 보지 않았다
흙이 뼈와 살을 받았는가
몇 해가 지나자 잡풀로 검었다
십여 년이 빠져나갔다
과수원이 되었다
주렁주렁 매달린 사과알,
시장에 팔려나가 이 땅의 영양이 되었다
땅 임자는 그곳에 양옥을 짓고
창문에다 분홍빛 커튼을 늘였다
그렇게 또 십여 년이 미끄러지듯 흘렀다
아파트가 올랐다
튼튼한 철골, 다부진 시멘트,
방마다 단란한 불빛이
세레나데처럼 은은히 흘러나왔다
아주 그윽하게,
아주 감미롭게,
아무도 옛날을 말하는 사람은 없었다

나날이 치솟는 땅값에 맞추어
신나게 휘돌아가는 남녀의 춤이
해안선처럼 끝없이 출렁거렸다

봄 · 2

헌집 버리고
새집 찾아
훨훨 이사를 가고 싶다

마른 나뭇가지 물고
날아가는 까치

무거운 먼지를
털어버리고
새 세상 찾아가고 싶다

민들레 홀씨처럼
이 가지 저 가지로 옮겨 앉는
작은 새처럼

제2부

가난한 평화

성城 머리에 서서

한쪽 어깨 기운
늙은 성 머리에
야트막하게 내려앉은
하늘 한 모서리
멍하니 서 있는 빈 나뭇가지 끝에
서리 까마귀 울다 간
짧은 동안,
생각난 듯
진눈깨비 내린다
숨차면 쉬었다가
또 생각난 듯
진눈깨비 내린다

베이징 낮달

어머니,

고개 들어 아무도

쳐다보지 않는

바람 부는 하늘 한 구석지에

있는 듯 없는 듯

떠 있는,

마흔 넘어

몸을 버리신,

유랑의 술로 한 시절

아배는 낯선 도시를 떠돌고

울도 없는 초가삼간

때 절은 핏덩이

너덧 데불고

너덧의 바람을

빈 몸으로 막으셨던

가느다란 불빛,

달팽이 제 집이라고 머리에 이고

힘겹게 혼자서 기어가는

이슬 새벽에

어머니,

노자도 없으신데

여기 다른 나라

인심 사나운 땅까지

물어물어 오셨군요

말없이 내려다 보시는

여윈 얼굴에

그렁그렁 눈물이

맺혀 있군요

등바람

마흔은 고개가 아니라던데
마흔을 넘어서니
등에서 찬바람이 분다

가슴앓이로 자리에 눕던
어머니도 마흔을 넘어
등에서 찬바람이 난다고 하셨다

언제나 누더기 담요를
여윈 어깨에 두르시고
두꺼운 무엇을 더 덮어달라고 하셨다

지게질로 굳은 내 어깨와 등이
막걸리로 절은 내 내장이
가다가는 가끔 삐그덕 소리를 낸다

시려오는 등어리
마흔둘에 어머니는
눈도 못 감으시고
눈 오는 날 이승을 뜨셨다

아려오는 어깨와

바늘로 꽂히는 아픔,

찬바람이 휘익휘익 지나간다

가난한 평화

허기진 긴긴 여름 해가
힘겹게 서산을 넘어가면
신새벽에 헤어졌던 식구들이
하나 둘 땀 절어 모여들던
가난한 저녁 밥상
흐린 등불 아래
차례대로 둘러 앉아
지나온 하루의 이야기를 나누면서
달강달강 숟갈 부딪는 소리
모둠밥 서로 나눠 먹던
그 시절 그리워라
저녁 물린 뒤
멍석 펴고 마당에 누워
매캐한 모깃불 속에서
코에 닿을 듯 하얀 하늘 한복판의
은하수를 건너
쏟아지는 별들을
호랑 가득 주워 담다가 잠에 떨어지던
지금은 가버린
그 시절 그리워라

펄펄 열 뜨면
여린 이마에 두꺼비손을 얹고
근심스럽게 내려보던
그 얼굴 다 흙으로 돌아가고
피붙이 남은 형제들
민들레 홀씨로 뿔뿔이 흩어져,
해지면 돌아와
둘러앉던 가난한 저녁 밥상
이제 비어 있고나
비어 있고나

비빔밥을 먹으며

한 아가리씩
악을 쓰듯 비빔밥을 처넣으며
눈물이 핑 도는 것은
매워서가 아니다
순창고추장 맛 때문이 아니다

있는 것 없는 것
찌꺼기란 찌꺼기 죄다 모아
비벼 하나가 되는 법

여름날 비지땀 흘리며
논매다 돌아와
푸성귀 온갖 잡것
두루두루 되는 대로 섞어
한 볼통아리 집어넣으며
집어넣으며 뭉클한 것은
맛이 고소해서가 아니다
참기름 맛 때문이 아니다

쌍놈은 쌍놈끼리

슬픔은 슬픔끼리
베등걸이는 베등걸이끼리
속살을 부비며
하나가 되는 법

밥 속에 굵은 눈물이 섞여 있기 때문이다
밥 속에 아린 아픔이 섞여 있기 때문이다
밥 속에 질긴 가난이 섞여 있기 때문이다

비 오시는 날

잘있거라아우덜아정든교실아
헤어진 소학교 동창을
쉰 넘어 목로에서
우연히 처음 만나듯
내리는 비,
지친 어깨 위로
가만히 가만히
엽서처럼
내려앉는 비
정겨운 이와 눈을 맞추듯
순간 시간은 멎고
어지러운 세간
모처럼 자리 잡아
아늑하게 저마다
운율을 고르는
고른 숨결소리,
들어라
색색 잠든
어린이를 보듯이
잠 속에 웃는 젖니를 보듯이

들어라
짐 다 벗어놓고
무심코 홀로 술잔을 들 듯
들어라
누구를 더 이상
미워한다 하랴
누구를 더 이상
사랑한다 하랴
가만히 있는 것
오직 그 하나만으로
충만한 빈 그릇에
철철 넘치는 날,
다소곳이 젖는 풀잎과 나무들의
고개 숙인 뒷모습을
어루만지듯 어루만지듯
바라보아라

바람 부는 날

짐을 싸 본다
발 아래 쌓인 낙엽이 날린다
창문을 닫는 소리가 들린다
어디에선가 불그레 음악이 익는다
어디에선가 깊은 신음소리가 들린다
어디로 갈까나
숨은 빈 절을 찾아 갈까나
빈 나무 아래 앉아서 허공을 바라볼까나
맨몸으로 무인도에 갈까나
어디로 갈까나
— 갈 데가 없다
갈기갈기 고향은 찢기고
흙 몇 평만 겨우 남았다
짐을 다시 싸 본다
보자기에서 뱀처럼 명예가 빠진다
이마에 돌을 맞은 시퍼런 멍,
몇 마리의 돈이 날개를 단다
빙글빙글 돌아가는 돈의 자유, 자유의 육체
겨울이 오기 전에 집을 비우라 한다
어디로 갈까나

다 떨어진 식구들의 신발을 사야 한다
다 허물어진 식구들의 밥상을 고쳐야 한다

먼 목소리 · 1

소연素然 선생

빌빌 풀벌레처럼
전화가 운다
— 웨이 니하오?
혀를 굴려 물으니
— 굽니다 지낼만 헙니까?
느릿느릿 구 선생의 음성
서혈골 곰내 시냇물 소리
충청도 하고도 산골 두리봉 기슭
대낮에도 와글와글 개구리 우는
울타리도 없는 집
바람만 맘대로 들락거리는 집
그곳 햇살이 따라오다
발목이 시어 돌아가고
소리만 온다, 가만가만
바람 불고 비 흩뿌리는
베이징 어둑한 홀아비 기숙사에
다리 절며 와
더듬는 안부,
안부 끝에 구 선생네 장닭이 운다
하늘 끝에 닿았다가 돌아오는지

활개 치고 두 홰째 운다

사람 소리는 간 곳이 없고

닭울음만 찾아와

빈 꽃병에 목을 접는다

닭한테 계룡의 안부를 물으니

시호시호 때가 오니 기다려라 한다

죽음의 고개와 강을 건너야

물처럼 시가 터지는가

구 선생은 달아오르는 혈압을 재우며

신지만지 떨리는 손으로

시를 쓴다, 손톱으로 바위에 시를 새긴다

먼 목소리 · 2

몸을 두고
목소리만 온다
여기는 반공일
빈 잔의 술처럼
초여름 햇살이 폴폴 날리는데
그곳은 혹시나
칼바람 낮게 기어가는
한밤중 겨울은 아닌지
반으로 허리가 잘리면
힘을 못 쓰듯
너와 나
둘로 나뉘어
바다 건너 또 산, 산을 넘어
어쩌지 못하는 거리에서
서로 부르고만 있구나
꽃은 피었다 지고
진 자리에 열매를 맺는다
울먹이며 웃는
네 병원의 머리칼 타는 노을은
오늘 아픔이지만

어느 날 시들지 않는 시가 되리라
몸을 두고
지팡이 다 닳은 채 찾아오는
너의 목소리!

봉황산 트럼펫 소리

하마 서른 해가 흘러갔을까
금강물 따라 흘러갔을까
천년 잠든 봉황산 산봉우리에서
전등불 하나 둘 꺼지는 시각에 시계처럼
뚜뚜뚜 트럼펫이 울었다
어느 누군가를 무지무지 사랑한다고 했다
어느 누군가를 잊으려 해도 잊을 수 없다고 했다
소쩍새 슬피 우는 밤마다
달무리처럼 번지던 트럼펫 소리
아낙들도 잠깨어 슬며시 문을 열고 숨죽여 듣고
휘청거리는 술꾼도 골목에서 멈추고 들었다
뚝뚝 지는 동백꽃 꽃잎처럼
흐느끼던 소리, 밤마다 울던 소리
대통다리 건너 낡은 호서극장 옆
뒷술집으로 들어가 비지찌개로
잔을 비우면
허기진 창자로 서서히 배이던 슬픔,
하마 서른 해가 흘러갔을까
날개 접은 봉황산 산봉우리에서
야트막하게 울던 트럼펫 소리

그 사람 어디 갔을까
그 사랑하던 사람 다 어디 갔을까

노을

엄마 죽고 백날도 안 되어

아빠 새장가 들고

아빠 죽고 예니레도 못 되어

의붓 엄마 이내 또 시집가고

집도 없어, 살붙이도 없어

지게 훌랑 벗어 던지고

깊은 산속으로 찾아 들었네

마당 쓸기 동냥하기 나무하기 밥짓기

온갖 시중 십 년에 머리를 깎고

또 십 년

이제 물이 되었거니, 산이 되었거니

두고 온 마을을 찾기로 했네

열흘 밤 열흘 낮

발 부르터 등성이에 이르니

늦가을 기운 햇살에

조 이삭 깊숙이 고개 숙이어

하도 고맙고 고마워 쓰다듬다가

굳은살 손바닥에 붙은 한 알의 스승,

아무런 일 한 것 없는데

피땀 배인 씨알 공짜로 붙는 건

내 아직 닦음이 모자란 탓이라
가슴 치며 돌아온 길 되돌아갔네
스님 빈 바랑에
아, 가득한 피묻은 노을
먼 마을에서 사춘인 듯 팔춘인 듯
잘 가라, 잘 가라
저녁연기 굴뚝마다
모락모락 피어오르고 있었네

보정향찬寶鼎香讚을 들으며

석혜조釋惠照

산골물에 땀 절은

속옷을 헹궈

나뭇가지에 걸어 놓고

두고 온 동쪽 해 뜨는 곳을

바라다본다, 먼 바다

새 한 마리 울다

날아간다

빈 바랑을 등에 진 그대,

남이 남긴 죽을 먹고

맨발로 해 지는 곳을

바라다본다, 젖은 노을

추녀끝 풍경 소리

목백일홍 마른 입술에 앉는다

해는 기울고

넘어야 할 산은 첩첩,

뜨거운 모래를 밟고

터벅터벅 길을 떠난다

낙타처럼, 산처럼

강 건너

미타찰에서 만나랴

육신을 벗고
훌훌 뼈로 만나랴
바람으로 만나랴

원願*

왕자의 영화를 헌신짝처럼
던지신 당신,
당신의 말씀처럼
없음에서 있음을 보고
있음에서 없음을 온몸으로 알아낸다는 것은
평생의 싸움입니다

부처님,
무릎 꿇고 두 손 모은 저희들에게,
흔들리기 갈대인 저희들에게
바다의 벼랑에 우뚝 서 있는
저 조선 소나무의 푸르름을 주소서

하루에도 몇 차례나 뒤채이는
붉은 파도의 가슴마다에
저 소등에 앉아 젓대 부는 동자童子의
봄바다 고운 숨결이
다른 나라 말을 하는 저희들의 혀와
다른 나라 글을 쓰는 저희들의 손 끝에
샘물처럼 흘러나게 하소서

저희들은 흙으로 돌아갈 때까지 배우는 사람입니다
벽을 향해 9년간
보기 위해 싸우신
달마達磨의 빛나는 침묵을
나누어 주소서

눈 오는 긴긴 밤
먼 길을 걸어와
배움을 청해 팔을 끊던
혜가慧可의 뜨거운 물음을
저희들에게 주소서

그늘진 뒤뜰에서
말없이 종일 보리방아를 찧던
혜능慧能의 굵은 손마디와
밝은 어리석음을
저희들에게 주소서

모든 걸 버리심으로써
시방세계에 두루 계신 당신,

당신의 말씀처럼
나무와 하나가 되고
짐승과 하나가 되기는 쉽습니다
그러나, 사람과 하나가 되는 일은
평생의 싸움입니다

부처님,
엎드려 절을 올리는 저희들에게
공작처럼 겉 가꾸기에 바쁜 저희들에게
구름 걷힌 우리나라
가을 하늘의 푸르름을 주소서

* 타이페이 주재 홍법원弘法院 개원 기념

그 사람

혼자 산에 들어가
깊이 걸어온 길을 묻고 오는 사람
눈썹도 짐이라 모든 짐 죄다
버리고 빈 몸으로 오는 사람
해 떨어지면 나려오지만
이내 산을 잃어버리고
산 가운데 산으로 서서
자는 사람
눈 덮인 겨울날
혼자 산에 들어가
얼음 밑에 흐르는 물소릴 듣다가
하루 종일 서서 듣다가
물소리가 되어
흘러가는 사람
흙 속에 발목을 묻으며
말없이 사는
등 굽은 사람

제3부

거친 꿈

뿌리의 섬

끓는 바다의
저 아득한 아랫도리
낭자한 꽃밭에
매달린 점 하나
지우려 지우려 해도
암처럼 돋아나는
울음 하나
끼루룩 끼루룩
시간을 떨어뜨리며
시간은 날아가고
날아간 허공에
걸린 눈썹 하나
잡으려 잡으려 해도
도마뱀처럼 달아나는
하얀 그림자 하나

작은 아가雅歌 · 1

전 당신 뒤에
늘 서 있고 싶어요
숨은 꽃이 되고 싶어요

이 세상 모든 걸
다만 당신의 눈으로
보고 싶어요

이 세상 모든 걸
다만 당신의 귀로
듣고 싶어요

제 꿈이 불로 들어가
당신의 물로 걸어 나올 때
제 몸이 물로 들어가
당신의 불로 걸어 나올 때

우리의 연둣빛 집은
이 거친 따 위에 세워질까요

저는 당신과
아득한 전생부터 밝은 불이라
하나니까요
하늘 아래 끝까지 둥근 물이라
하나니까요

바람 우짖는 날
전 당신의 든든한 등 뒤에서
늘 서 있겠어요
당신의 작은 들꽃으로 서 있겠어요

당신이 걸어가는 발자국 따라
한걸음 한걸음
뒤쫓아 걸어 가겠어요

작은 아가雅歌 · 3

1

내 안에

당신이 없으므로

당신 안에

내가 삽니다

암처럼, 느티나무처럼

줄기 줄기 내가 삽니다

2

당신 안에

나 없음으로

내 안에

당신이 삽니다

게처럼, 이끼 낀 절간처럼

굽이굽이 당신이 삽니다

3

둥근 하늘을 이고

당신과 나,
나눌 수 없는
물처럼 바다처럼
능금빛 노을 속으로
흘러갑니다

작은 아가雅歌 · 4

서릿발 칼날로 서걱이는
떨어진 지구 위에
언 몸 녹여줄
다사로운 작은 방,
다만 하나 갖고 싶네

얼음 풀린
냇둑에 나란히 앉아
물소리 온몸으로 들으며
파릇파릇 입술 내미는
봄풀을 보고 싶네

긴긴 겨울이 다하면 화안히 면사포 쓰는
살구나무 한 그루와
늙은 대추나무 한 그루, 뒤란에 세워 두고
보리감자랑 가지 심을
열아무 평의 뜨락을 갖고 싶네

어느 뉘 돌을 던진들 어떠랴
어느 뉘 바보라 한들 어떠랴

가난한 저녁 밥상 머리맡에
마주 앉은 등불 하나
켜둘 수만 있다면

버러지마냥 매달린
따지는 모든 걸
흐르는 물에 흘려보내고
도라지빛 물든 노을 언덕에
할미꽃 같은 무덤 하나
눈감은 뒤 갖고 싶네

이 바람 많은 따 위에
몸으로 남아 있는 동안
버들가지마냥 맘대로 날리면서
메마른 오솔길을
쓸다가 어루만지다가
어느 날 가뭇없이 뜨고 싶네

말 사랑

어떤 전설

말 한 마리
주인 따님 사랑했대
빼비속 같은
열여섯 보름달
주인을 업고
때리면
때리는 대로 뛰었지만
짐마차 끌고
가라는 대로 갔지만
연못 위에 연꽃
옥이야 금이야
따님이 있어
날을 것만 같았대
그러나 나는 말
볼품없는 짐승,
엉덩이에 채찍 자국
가실 날 없는
한 마리 검은 짐승일 뿐
죽어서나 품은 소원 풀어 볼거나
저 세상 가서 맺힌 한을 풀어 볼거나

그리움병 붉게 도져서
그리운 강 건너지 못하고
그예 말라 죽었대
뜬눈으로 흙에 묻혔대
말무덤 한가운데 어느 날
이상한 나무 한 그루
해처럼 솟아오르더니
잎새마다 하얗게 누에가 잎을 삼키고
이윽고 첫눈처럼 주렁주렁 고치 열렸대
한 섬 두 섬 가득한 고치,
명주실로 풀리어
가늘고 가는 사랑으로 풀리어
보드랍게 비단으로 살아나
따님의 뽀오얀 몸에
눈물처럼 감기었대
속살에 닿아
꽃처럼 살 부비며 울었대
사랑 사랑 내 사랑
살아서 못 이룬 내 사랑
죽어서나 이루누나

죽어서 그대 몸에 감기어
어화 둥둥
하나가 되는구나
비단 옷 감고
잠든 따님의
야삼경
딸랑딸랑
방울 소리
말방울 소리
하늘나라 아득히
들려서 왔대
딸랑딸랑
방울 소리
말방울 소리
첫닭 울음 소리처럼 아득히
들려서 왔대

섬 · 2

선상님 고상 많지유
즤덜이 둔모아 디딤질도 맹글고
그랫지유
짐치라도 담그문 갖다 드리지유
고마운 분이지유
근데 이제는 뭍으로 다 나아가고
이렇게 늑쟁이만 남았지유
앞길이 구만리 같은 애덜이
이런 데 갇혀 있으문 뭐 하게유
멋 모르고 서방 따라 왔는디
어느새 40년 넘게 살았그만유
핵교 없어질 생각허문
당장에라도 애를 낳고 싶은 심정이지유
에이, 둔이나 흠씬 주어 딴 데로
소개나 시켰으면 쓰겄어유
이제 괴기도 잡히지 않고
그나마 있는 것도
외지 사람덜이 와서
큰 배로 씨까지 말린다구유
물이 세어 기름배로도 안 되고

천상 산고랑 파가지구
마늘 심어 한 철
목구멍에 풀칠 한다구유

섬 · 4

워서덜 왔남유!
여름 한철이면 대처에서
쌍쌍이 많이덜 놀라온다구유
허지만 뭐가 있기나 한감유?
물것만 쌔구
비바람이라두 칠라문 미섭다구유
뱃길도 무한정 끊기고
캄캄 절벽
하릴없이 가막소라구유
자식눔은 셋을 두었는디
다 뭍에서 제 밥버리는 허나베유
영감은 여러해 전에 저 고개 너머에 묻었지유
나도 영감 곁에 묻혀
파도소리 배게 삼아 살아야지유
어떡한담유
지긋지긋해도 헐 수 읎지유
예전에 비하문
살기 많이 좋아졌다지만
글쎄유,
사는 게 사는 건가유

어쩌다 뭍에 가보면 딴 시상인 걸유
허지만 생각해 뭣헌대유
땅뙈기 한뼘 읎는 눔덜이야
어딜가나 마찬가지지유
그래도 바다에는 땅끔이 읎으니께
괴기라두 건져 먹는 거지유
안그래유, 선상님?

섬 · 14

육이오 어느 날
쑥국새 극성맞게 울어쌓던 날
살려고 열둘에 울며 시집 간
삐비 같던 우덜 소꿉동무 순이
어디메서 아들딸 낳고
사는가, 보고 싶더니
쉰 고개 넘어 발 아래
저기 떠 있군

거친 꿈

용정龍井을 지나며

칼자국
하얀 뼈
돌기둥에
핏빛 빨간 글자
아침 장미처럼 낭자하다
천둥이 막 지나간 듯
숨가쁜 숨가쁜
혁명,
눈발 잠시 멎고
달리는 산맥아
그 아래 엎드린
초가 굴뚝의
실핏줄 내비치는
초저녁 여윈 연기

섬은 섬들끼리

섬은 섬들끼리
옹기종기 모여서 산다

으르렁 으르렁
바다 울음 높으면

파도를 이불 삼아
곤히 잠이 든다

성아, 뭍으로 돈 벌러
오래 전 떠나간 성아

찬밥에 헐벗은 살
서로 부비며 기다림으로 산다

때로는 뜨근뜨근
이마에 열이 뜨지만

목말라 낮달을
목 빼어 바라보지만

코흘리개 형제끼리

올망졸망 모여서 산다

까치밥

형벌처럼
성큼 겨울이 왔다
누군가 감춘 시퍼런 칼날
머리 위에 떠 있다
한여름 들끓던
눈먼 살들이 달아나고
모조리 달아나고
정수리 맨꼭대기에
하늘을 이고 홍시 한 알
알몸으로 달려 있다
난바다 한가운데
처녀를 제물로 바치듯
한울님 밥상머리에 올리는
새벽 샘물 한 그릇
아니면, 아직 살아남아 둥글게 퍼지는
징 소리 같은 거
제삿날 같은 거
제삿날 닭 울기 전의
불빛 같은 거
날이면 날마다 무서운 고지서처럼 날아와

손발을 묶는 기계의 밤,

얼굴 가리고

앳된 별 하나

머리 위에 떨고 있다

너, 그렇게 가기냐

영상이에게

야, 이게 웬 소리냐
네가 가다니, 그렇게 네가 가다니
이 거친 세상이 너의 피를
멎게 했구나
이 못된 세상이 네 심장을
찢어 놨구나
갈갈이 찢어 놨구나
너는 참 첫눈 같은 사람이었지
너는 참 풀잎 같은 사람이었지
너는 천래天來의 시인
이름 없는 하찮은 것 하나하나에
숨결을 불어 넣어 주고
가슴 으서지도록 껴안았지
참선생님 되는 게 이 세상 무슨 죄인가
학교를 쫓겨 나와
바람 찬 거리에서
휘청거리는 미루나무처럼
전단지를 뿌리며
포항에서 안동으로, 안동에서 단양으로
공주로 서울로 대전으로 대구로

쫓기듯 뛰어다녔지
영상이, 어찌 그리 급하게 가기냐
먼저 가야 할 나 같은 자를 놔두고
눈 어두운 늙은 부모를 놔두고
그렇게 총총히 눈을 감기냐
너 있는 자리는 늘 훈훈했는데
너 있는 자리는 늘 향기로웠는데
어린 열림이, 몽길이 남겨 두고
그렇게 말도 없이 가기냐
그렇게 말도 없이 가기냐
네 젊은 아내에게
갚아야 할 빚 아직 많은데
그렇게 훌훌 가기냐
영상이, 너 너무 하는구나
써야 할 시 산만큼 남겨 놓고
그려야 할 그림 바다만큼 남겨 놓고
그렇게 바람처럼 가기냐
술로 썩은 간이 이제
조금은 소생할 새벽이
오는 것도 같은데

그날을 참지 못 하고 그렇게 서둘러 가기냐
네 순한 슬픈 눈망울,
네 들찔레 같은 순결한 영혼을
이 세상 어디서
다시 찾을 수 있겠느냐
영상이, 그러나 가라
고이 눈을 감거라
너는 가지 않고, 서러운 우리 가슴에
모닥불처럼 피어나리니
너의 시는 죽지 않고, 서러운 우리 배달의 땅에
들꽃처럼 피어나리니
남의 땅 머나먼 곳에서 너를 보낸다
가라, 잘 가라
너는 가지만
우리는 널 보내지 않는다
자유와 평등 참세상이 올 때까지
짓밟힌 자 손잡고 태양처럼 솟을 때까지

* 북경에서 부음을 들었다.

북방에서

육사陸史를 생각하며

이리 떼에 쫓기어
마침내 칼날 끝에 서서
발 디뎌 재낄 한 치의 땅조차 없이
외발로 서서
천둥처럼 가슴으로
소리 없이 울던 그대
불빛 흐릿한 노신魯迅의 골목을
기웃거리며
낯선 사투리의 술로
차마 범할 수 없는
작은 광야를 만들며
끝없이 끝없이 목 빼고
닭처럼 새벽을 울던
그대
바람 세찬 황토 언덕에
그대 가던 길이
보인다, 눈발 핏자국처럼 휘날리는
저 힘 솟는 북쪽!
그대 차디찬 몸이 되어
넘던 길이 보인다

저, 피와 살과 뼈를 두고 온 남쪽!

오늘 그대는 시퍼렇게 살아

황사 몰아치는

베이징의 뿌연 하늘 한복판에서

펄럭이고 있다

* 베이징에서 눈감은 지 쉰 돌이 되는 달, 베이징대 기숙사에서

입동

서슬 퍼런 칼날이
울어야 할 때다
똑바로 뼈를 세우고
무어가 옳은 건지
바로 말해야 할 때다
머리맡에 난蘭을 바라보며
차 끓는 소리에 젖을 때가
아니다
썩은 것들의 하인이 되어
잘 포장된 아편을 받아먹을 때가
아니다 아니다
비굴하게 살지 않기 위하여
맨발로 일어나야 한다
쓸데없는 눈물을 버리고
힘차게 솟아야 한다
한 사람을 위한 만 사람의 희생이 아니라
만 사람을 위한 만 사람의
함께 나누는 기쁨을 위하여
튼튼해야 할 때다
신나게 양심의 화살이 하늘에

날아가야 할 때다
뜨거운 돌이 적敵의 이마에
날아가야 할 때다

개와 달

떨어진다는 한마디 말없이
낙하하는 늦가을
거리에서 바람이 불고
붉은 등이 켜져 있는 푸줏간에
붉은 살점이
쇠갈쿠리에 걸려 있다
늙은 개 한 마리
길가에 쭈그리고 앉아
물끄러미 쳐다본다
살은 별안간 푸들푸들 떨고
그걸 알았는지
미친 듯 컹컹 개가 짖는다
종종 걸음으로 귀가하던
등 굽은 월급쟁이 한 사람
한 근만 주세요
저울눈대로 한 근을 들고 지나가고
무슨 생각이 들었는지 번갈아 보다가
달을 보고 또 짖는다
두부집 양철지붕 위로
오줌이 마려운지

양푼 같은 달이 내려앉고

이윽고

하나 둘 창문마다

불빛이 나간다

삿대울 굴참나무*

삿대울 굴참나무 허리에
말이 매었네
녹두장군님 곰방대 불 붙이고
한숨 돌리는 동안
희뜩희뜩 저승 소식처럼
눈발 날리네
장마루꺼정 서너 마장
하마루꺼정 너댓 마장
이인역꺼정 십 리
걸어서 한 시간
경천 성재 밑에 진치고
황토재, 비사벌 휘몰아
와와 몰려온 진달래 함성
하늘 땅 흔들어
예꺼정 달려서 왔네
한 패는 복룡으로 해서 이인으로 빠져나가고
한 패는 주미로 해서 우금티로 치달아 가고
산자락 감돌아 돌아가는 샛길 따라
궁궁을을 시호시호 부재래지 시호로다
죽창 들고 조선낫 들고

꿈틀꿈틀 기치창검 하늘 찌르네
얼어 죽고, 굶어 죽고
죄 없는 처자식 맞아 죽고
살 길은 일자무식 오직 죽는 수밖에 없는
핏빛 샛길,
그 끝에 마냥 화안한 햇살이 올거나
그 끝에 도란거리는 저녁밥상이 올거나
삼례에서, 정읍에서
볏골에서, 줄포에서
강물처럼 나와 몰려든 저 배고픔
가보세 가보세 을미적을미적 하다가는
개벽천지 새세상 보지 못하나니
곰배팔이도, 청맹과니도
대대로 땅만 파먹던 농투사니도
밥의 평등과 밥의 자유와
땅의 미래를 믿으며
우르릉 우르릉 천둥 되어 달려서 왔네
텃굴 건너 삿대울
굴참나무야
한오백년 살아볼거나

세상은 노상 강한 자의 편,
법 없는 세상에 법이 되어
한오백년 살아볼거나
으흥으흥 말울음 들리네
매어 있는 땅울음 들리네
녹두장군님 활활 타는
푸른 눈빛 보이네
우금티 코앞에 둔
잠 못 이루는 칼날 보이네

* 삿대울은 공주 하마루에서 이인으로 가는 길목의 마을 이름이다. 이 마을에는 지금도 시누대 대발이 있는데 갑오년 우금티에서 싸울 적에 그 시누대로 화살을 만들었기에 그런 이름이 생겨났다고 한다. 이 마을에 굴참나무가 한 그루 서 있어, 동학혁명군의 어느 장군이 말을 매어놓고 하루를 묵었다고 전해 온다.

제4부

눈발 흩날리는 날엔

부여에 내리는 눈

향산香山에 해는 지고

눈발 흩날리는 날엔

또 부여에 와서 · 5

어린이송頌

시간의 감옥 · 1

시간의 감옥 · 2

글안契丹 그 여자

평화 · 1

평화 · 2

햇살 한 줌

너에게도 꽃피는 가슴이 있다

들국화 · 1

빈 방 · 1

빈 방 · 2

부여에 내리는 눈

봄 갈 여름이 차례로 지난 천년 부여에
잠들라, 잠들라, 속삭이며 눈이 내린다
저마다 옷깃을 여미고 뿔뿔이 흩어져
시간은 금이다, 시간은 금이다, 총총히 지나간다
찾아가는 길의 끝에는 연탄이 타오르는 집이 있고
집의 저 편 끝에는 바람이 연기처럼 흘러가지만,
핏줄의 작은 시내가 강물이 되어
길목마다 가득한 줄을 사람들은 모른다
부소산 다부진 솔밭에 무수히 백기白旗처럼 내리는 눈
눈을 돌처럼 다소곳이 맞으며 씨어다닐까나
마래방죽 버들 아래 조각난 기왓장이 되어
뭇발에 밟힐까나 밟혀 흙이 될까나
바람 부는 부여에
눈이 내린다
아 · 다 · 지 · 오로
눈이 내린다
성큼성큼 다가오는 발자국 소리를 내며
허공에서 아득히 눈이 내린다

향산香山에 해는 지고

종소리 깊이 묻힌
꽝꽝 겨울 향산에
잘새 한 마리 날아간다

종종 걸음을 치며
빈 둥우리를 찾아가는
바람 찬 골목

주저앉아 차가운 낡은 목로에
먼 나라 때전 길손이
땅콩 한 접시 앞에 놓고 잔을 든다

내일은 어디 가는 배에 실리랴
모레는 또 어디 가는 열차를 타랴
가다가 스러지는 노을이 되랴

모래바람 불어오는
가도가도 끝이 없는 너의 벌판에
나도 길 없는 잘새가 되랴

불빛 한 점, 두 점
눈을 뜨는 늙은 마을의
머언 이마, 꽃처럼 붉다

* 향산香山은 북경 서북쪽에 있는 산으로 유서 깊은 사찰이 많으며 가을에는 단풍으로 유명하다.

눈발 흩날리는 날엔

희뜩희뜩 눈발 흩날리는 날엔
걸어서 걸어서
부여에 가자
서러운 부여에 가자
앞을 가리는 눈발을
손으로 저으며
부여에 가자
가서 흘러내리는 땀을 닦아내며
부소산 솔밭에 내리는 눈발을
누이를 바라보듯 바라보자
마를 대로 마른 구드레 모랫벌의
하이얀 뼈 위에
무릎 꿇고 입을 맞추자
문드러진 들의
들꽃 같은 작은 웃음에
부드럽게 부드럽게 내리는 눈발,
처녀 같은 눈발을 두 손에 받들고
끝없이 헤매도는 떠돌이 되어
그리운 이 만나러 부여에 가자
만나서 어깨에 쌓인

떡가루 같은 눈을 털고

막힌 가슴을 털자

눈이 펑펑 쌓이는 날엔

벗이여

걸어서 걸어서

부여에 가자

서러운 부여에 가자

또 부여에 와서 · 5

1

비 오는 마래방죽엔
버들은 버들끼리 살을 섞고
구름을 구름끼리 살을 섞어
둥글게 손잡고 춤을 추는데
용이 밤 몰래 찾아와
배 맞추었다는 맛둥어미
어디 갔는가
바람에 흔들리던 홀어미 호롱불
어디 갔는가
마름풀 사이사이
초롱 든 연꽃
저기 저 연꽃 송이로 피어났는가
솔밭머리 모롱이 돌아
흘러가는 바람 따라
원추리로 태어났는가
왕포벌 나루 건너
굽이굽이 강물로 흘러갔는가

2

저때나 이때나
사람 사는 일 매한가지라
돌 틈 비집고 이천 년 버들가지 살아가듯이
저마다의 한 줌 땅에 뿌리를 뻗고
때 절은 돈을 세며, 몰래 눈에 든 이 입을 맞추며
그게 우스워 허허 웃다가
웃음 끝에 눈물이 배여나오는 날
비 오는 마래방죽에 홀로 와
돌아가는 길 잃고 혼자가 되고
마침내, 혼자의 가느다란 가을 빗방울이 되느니
빗방울로 번지는 여린 물살이 되느니

어린이송頌

서안西安을 지나며

말 배우기 전의
어린이는 이쁘다
엄마, 아빠 그리고 맘마
그런 말할 때의
어린이는 신이다
어른은 돈에 팔리고
더러는 성의 늪에 빠지고
독한 술에 빠져
나날을 헤매지만
또는 사상의 칼날로
서로를 저미며 살아가지만
어린이는
해맑은 웃음으로 산다
배고프면 울고
다사로우면 웃는다
어른은
말과 말의 장벽에 갇혀,
이념과 이념의 다른 저울눈에 갇혀
문을 걸어 잠그지만
어린이는
새에게도, 달에게도

단 하나의 문을 활짝 연다
실크로드의 출발점인가
실크로드의 종점인가
돈의 신이 다시 고개 드는
늙은 서안
현장의 탑 앞에서 손 벌리는
걸인을 보다가 열십자 길을 꺾어 지나노라니
담장 아래 조무래기 어린이들
쉰으로 일흔으로
와글와글 깔깔깔
새순 같은 손을 흔들어 작은 손바닥마다
아침 햇살 확 퍼져
여든 아흔 온 얼굴이 꽃이라
티 없는 사람 공화국!
말 배우기 전의
어린이는 이쁘다
엄마, 아빠 그리고 맘마
그런 말을 배울 때의
어린이는 신이다
정말 모든 것의 길이다

시간의 감옥 · 1

시간은 가는 것도
오는 것도 아니다

바닷물처럼 언제나 출렁이는
출렁이는 허공이다

나무는 시간을 모른다
바위도 모른다 지렁이도 모른다

사람만 시간의 수갑에 묶여
그들이 만든 신神 앞에 꿇어앉는다

시간이 없다고 말하지 말라
시간이 빠르다고 말하지 말라

시간은 없는 것도 아니고
있는 것도 아니다

있는 것은 있다고 하는 자뿐이다
빠르다고 하는 것은 빠르다고 하는 자뿐이다

시간의 감옥 · 2

시간의 허허로운
모랫벌에는

한 소절의 음악도
아침이슬처럼 머물다 가고

날아온 씨앗도
그의 자궁을 열지 않는다

문자도 비틀비틀
바람이 되고

금고 안에 잠든 말씀도
영 잠 속에서 일어나지 않는다

작은 벌레가 더듬이를 더듬으며
가을밤 나뭇잎에 숨어 울 듯이

시간의 막막한 사하라에는
빨간 한 송이 사랑도, 한 모금 차茶도 없다

가도가도 개밥별 흩어져 있는
길 잃은 바람벌뿐이다

글안契丹 그 여자

어느 미이라

샅을 더 열지 않는다
구름이 머물러
쑥국새 한나절 우는
까마득한 벼랑머리에
머리를 누이고 한 일 자로
자는 여자, 서른 조금 지난
유리상자 안에서
가만히 숨쉬는 여자
오랑캐라 목이 베인
젊은 사내의 살아생전 불같은 입맞춤,
지금은 어디선가 헤맬
엄마라 달라붙는 새끼들의 주둥이
젖은 개펄처럼 말라붙어 있지만
야무진 그 여자의 이마는
몇 올의 머리칼이 가리고
팔, 다리, 배, 가슴, 불두덩
단정하다, 조용하다
느릅나무잎, 창가를 기웃대는
방안의 숨막히는 숨결,
다 썩을 저 아래
몸을 뒤채이며 검은 강이 흐른다

평화 · 1

수런수런 꽃 지는 주일에도
평화교회는 고요하다
좁다란 어깨의 종탑 위에
노랗게 녹슨 십자가
종이 울리지 않는다
'평' 자의 머리 위에
지지난해의 까치집, 그 위에
지난해의 까치집, 또 또 그 위에
십자가, 그 곧은 끝에서
포도주 한 잔의
까치가 운다
바람이 사방으로 들락거리는
바람의 길로
하루 종일 굶으면서
국적 없는 햇살들의
소꿉장난이 한창이다
젖은 오월
꽃을 버린 나무마다
초록의 깃발이 펄럭이고
흰구름 한 점

기웃거린다

하늘나라 먼 나라

평화교회는 참 고요하다

평화 · 2

다 일하러 나간
빈 집, 한 칸의
토방에
모처럼 모여
햇살이 논다
온종일 까르르 깔깔
꽃살 같은 빨간 발가락들
바삐 어딜 가다가 나비도
함께 와 논다
비가 지나시려는지
잠깐 구름 속에
해가 숨는다

햇살 한 줌

쬐금 남은
겨울 빈 터에
모이처럼 잠깐
앉았다 가는 햇살
노래도 마르고
혁명도 없는
벼랑의 응달에서,
청춘도 시들고
말도 쫓긴
눈 쌓인 비탈길에서,
건넛산을
바라다본다
산자락에 절을 낳고
웅아웅아 울다
절로 꼬부라진 절
의, 깊은 주름살
위에
한 줌 머물다 가는
햇살

너에게도 꽃피는 가슴이 있다

쓸쓸한 저녁
뜨거운 사상 때문에
총이 되고 칼이 된다는 것은
비인간적이다!
하지만 어쩌랴
땅은 죽고 하늘은 잠들어
검은 바람 휘몰아치니
지하에 숨은 불빛
거룩하여라
거룩한 너의 단식과
단단한 너의 발자국마다
우리네 눈물이 고이지만
끝없는 모랫벌은 늘 뜨겁다
모랫벌을 온 힘으로 기어가면서
뼈만 남은 네 몸에도
어머니는 뿌리처럼 숨어 있어
아, 젖가슴도 수줍게 숨어 있어
봄날을 기다리고 있다는 것은
실로 인간적이다!
하지만 또 어쩌랴

길은 뿔뿔이 흩어지고 능금은 짓밟혀
이리 떼 미쳐 날뛰니
네 흔들리는 뼈,
먼 등불처럼
거룩하여라

들국화 · 1

너를 잊은 지 오래였다
이력서를 쓰다가, 지폐를 세다가
잔고가 다 하던 날, 비밀번호 같은
젊은 날의 절을 찾았다
절은 이미 열반하시고
잡풀 우거진 샘가에
네가 있었다
보랏빛 얼굴로
네가 있었다
안개가 숨은 강을
내려다보며 통곡하던
내 맑은 피,
그때 너는 내 사람이 아니었다
내 위안이 아니었다
이 항구 저 골짝
구름으로 떠돌다가
돌아온 산천,
그날의 첫사랑처럼
고대로 너는
서 있었다 수줍은 신부로

서 있었다

참 너를 잊은 지 오래였다

발목이 쉰 반백의

아, 설핏한 귀향

빈 방 · 1

그리운 이가
외출한 방은
더 넓다
햇살이 풀풀 나른다
구석구석 복사꽃 음악이 일렁인다
살에 마음을 섞고
마음에 살을 섞는
이 적막한 땅 위의
하나, 작디작은 방
밤 느즈막까지
감싸는 불빛
작은 들꽃들이 하늘 꽃잎을
이마로 받드는
오솔길 위로
잘 익은 포도주의 향내가 가득하다
돌아오는 사람의
발자국 소리를
기다리며
다섯 개의 층계를 올라
두 마리 새의 둥주리

비바람 두 팔 벌려
막아주는
나의 나무
사랑하는 사람아

빈 방 · 2

두고 간
그네의 어깨를 닮은
우윳빛 화장병과
가만히 걸린 거울

햇살로 가득하다

물먹은 빨간 꽃이
묵향처럼
혼자서 벌어진다

제5부

하늘나라 하얀 섬

강자의 저녁 식사

안개꽃

늙은 어느 농투사니의 혼잣말 · 1

늙은 어느 농투사니의 혼잣말 · 2

늙은 어느 농투사니의 혼잣말 · 3

하늘나라 하얀 섬

구름산

사랑, 육체 없는

초록빛

풍경 · 1

풍경 · 2

한 방울 술로

어느 계산

비

강자의 저녁 식사

코소보에선 사람들이 떼지어 죽는데
소보로 빵을 부수는 아침은 건강하다
이유 없이 쏟아지는 포탄의 축제와
총알을 뿜는 싸움의 피물결은
누구의 숨은 연출인가
이발사도 집을 버리고
유아원 교사도 어린이를 버리고
신을 버리고, 교과서를 버리고
정처 없이 떠나던 유월
몸만 성하라, 맘이 대수냐
국방색 총알이 드르륵 드르륵
달려오던 날의 황토빛 배고픔
응접실 소파에 묻혀 커피 잔을 비우며
피 흘리는 것들을 티브이로 즐기는
비계의 저녁은 싱싱하다

안개꽃

1

물러나 바라보면

너는 자욱한 눈물이다

깊은 골짜기의 물소리다

하지만, 다가서면 너는

자잘한 욕망, 더듬거리는 점자點字다

맨발로 서서 오줌 누던 날의 동무다

2

모여야 꽃이 되는 꽃

흩어지면 별이 되는 꽃

너는 향香을 버렸다

만나는 사람마다

꿈이 있느냐

이렇게 너는 글썽거리며 묻지만

너는 이미 꿈을 버렸다

3

꿈을 버린 자는 아름답다

꿈을 모르는 자는 더 아름답다

무인도無人島 머리 위에 떠도는 낮달처럼

나풀대는 네 머리칼!

늙은 어느 농투사니의 혼잣말 · 1

나라꼴이 이게 무어냐
국회의원이라는 것들이
투표할 때만 굽실굽실
입에 꿀을 바르고
온갖 아양 다 떨지만
되기만 하면 이제는 남
높은 어른이 되어
영 딴사람으로 변하는구나
논 매다 호미 들고
여의도 갈 수도 없고
도리깨질 하다 도리깨 들고
서울 한복판 나랏님한테 갈 수도 없고
장작 패다 도끼 들고
더더욱 존엄스런 곳에 갈 수 없으니
어떡하라는 거냐
옳지 옳지, 내 아들딸들아
대학상 너희만 살아 있어서
유독히 네 애비 네 에미
심중을 잘 알아서
거리에 나서서 대신 소리를 치는구나

내 아들아. 내 딸들아
파렴치한 벽
뻔뻔스런 이마빡에다
돌을 던지는구나

늙은 어느 농투사니의 혼잣말 · 2

막걸리 한 잔 걸쳤어유
모내고 나니 마음이 놓여서유
서울서는 쌀 한 가마에 십만 원 한담서유?
서울 양반덜은 그게 비싸다고 한담서유?
시골서는 팔만 삼천 원인디
한 마지기 이백 평에 제우제우 세 꼴
삼팔은 이십사, 이십사만 원인디유
십만 원 웃도는 농약값, 품삯, 기계값, 또 빼면 뭐 남어유
뭐, 많이 남는다구유? 그러유
남저지 십만 원 쬐금 넘으니께
열마지기래야 백만 원, 한 섬지기면 이백만 원이 남는 꼴인디
여러 식구 먹구 살아야지유
그럴라면 고등핵교 한 애두 제대로 가르칠 수 없다구유
대학말유? 어림두 없지유
제우제우 애비 못 밴 죄루 땅이나 파먹고 사는 바람에
자식만은 고상시키지 않으려고 고등과는 이 악물고 가르쳤지유
근디 그것도 공부했다고 나오자마자 서울로 내빼덩걸유
노인과 할망구만 남아 농사라구 짓지유
밭농사가 있지 않으냐구유?
그게 어디 타산 맞남유, 뱀밑이나 놔 먹는 거지유

말이야 바루 말이지
이 시골 구석에 논밭 천지지만
열마지기 이상 가진 사람 있으면 나와보라구 해유
다 서울 사람덜 거래유
개발이다 뭐다 하면 비까번쩍 자가용만 들랑거리고
죽는 건 촌사람이지유
보는 것, 듣는 것은 있어서 테레비다, 냉장고다,
농협 외상 이자빚 물기도 뼈빠진다구유
말짱 다 도둑놈덜이라구유, 큰 도둑놈, 작은 도둑놈, 등쳐먹는
놈덜 뿐이지유
이짓 그만하자니
어디 가서 할 일도 없당께유, 비리비리한 눔 노가다판에서 어디
받남유
죽지 못해 사는 거지유
남은 몇 뙈기 논밭 다팔아야 어디 대처 가서
집 한 칸 장만할 수 있남유
천에 하나 집 한 칸 사글세로 얻는대두 뭐해서 목구멍에 풀칠한
대유
천상 배운 게 이짓밖에 읎으니 평생 땅 파먹다 죽는 일 밖에
다른 도리가 읎구만유

서울 양반덜 듣남유?

얼레 코고시네, 고단한감유

늙은 어느 농투사니의 혼잣말 · 3

꽉 숨 맥혀

웬 인간 종자덜이

저렇게 바글댄담

여기 봐도 인간 저기 봐도 인간

걸리는 게 인간이니

사람이 아니라

벌레 한 가지구먼, 아이 징그러

다 뭘 먹고 산디야

눈부비고 봐도 사방 어디 하나

다락논 한 뼘도 읎구 묵정밭 한 뙈기두 읎어

쌀 한 톨 보리 한 톨 나올 데라군 읎는디

하느님은 여기에만 와 사시는지

다덜 하얗고 미끈미끈 허여

햇빛 그을러 거무튀튀한 날

자식놈은 챙피하다 야단혀도

손가락 스무마디 굵은 날

기름이 번드르르한 양반은

비켜라, 비켜라, 촌년이라 눈 흘기니

가난해도 추녀에다 참새 알 까는

내 집이 좋아라

오나가나 작은 차 큰 차
뿡뿡 두 눈에 불을 켜고
얽혀 섥혀 달리는디
어디가 사람댕기는 질인지
동서남북 알 길이 읎구
돈바람만 쌩쌩
동짓달 설한풍처럼 부는디
무섭다, 어서 가자. 남행열차 타고
앞바다 보름사리
찔레꽃 피는 내 마을,
어린 애 우는 소리 그친 지 오래지만
늙은이끼리 물꼬 보고 모심고 그런지 오래지만
가자, 빈 보퉁이 들고
어여 가자 기다리는 빈 마을로
하루 품 하루 팔아
겨우겨우 살아가는
달동네 내 새끼야
높디높은 남의 집 짓다가
허리뼈 다친 내 새끼야
죽어도 여기서 죽는다고 고집부리지 말고

가자, 어여 아침저녁 까치 우짖는 동네로
여기가 어디 사람 살 데냐
가자, 굴뚝에 연기 피어오르고 새벽닭 우는 동네로
가자, 싸게, 늙은 에미 따라 나서, 얼른

하늘나라 하얀 섬

섬에선 좋다고 서로
포옹하는 게 아니란다

나무도 저렇게 혼자서 천 년을 혼자
바다 끝을 바라보고 있지 않니?

섬에선 눈에 든다고 서로
입맞춤 하는 게 아니란다

바다가 저렇게 파란 얼굴로
빤히 쳐다보고 있지 않니?

섬 두고 다른 걸
사랑하는 게 아니란다

바위틈에 엉겅퀴를 키우며 섬은
소금처럼 안으로 울음을 감추고 있지 않니?

섬에선 뭘 좀 안다고
아는 체 하는 게 아니란다

찢어진 바람이 다 부수고 가도
언제나 말이 없지 않니?

구름산

멀다가 가찹다가
아른거리는 그림자의
마음을 어이 알리야

산에 꽁꽁 숨겨둔
너의 법전을
한평생 찾아 헤매야 하랴

하나의 하나님을
모시는 풀잎 끝에는
새벽마다 그렁그렁 고백이 맺힌다

물 위로 날아가는
새의 날개에
부서지는 붉은 햇살

거센 바위의 살에
박힌 저 문자는
누구의 암호냐

백리 길 또 천리 길

머언 먼 떠돎의 나룻머리에서

바라보는 이 마음 뉘 알리야

사랑, 육체 없는

물에 물을 포갠다
불에 불을 포갠다
흩어진 모래알마다
맑은 불꽃이 튄다
튀어오르는 욕망의 공이
하늘로 솟아오른다
올라가는 어름에
구름이 낮잠을 자고 있다
피 없는, 살이 없는
만남의 고요,
이 고요의 뜨거움을
날개라 하랴
첩첩산중의 법이라 하랴
사랑에는 뼈가 빠져야 하느니
사랑에는 사랑이 빠져야 하느니
둥그런 둥그런
길의 마침에서 또 길은 시작한다고?
거울 속의 그림자여
마지막 타는 노을이여

초록빛

초록빛 속에는
샘이 숨어 있다
옹알옹알 어린애가
젖을 물고
말을 배운다

초록빛 물 안에는
선홍빛 부리 고운
팔랑팔랑 새끼 새
창공을 날
운동 연습이 한창이다

새의 파닥이는
나래 끝에
출렁출렁 가슴을 여는
초록빛 바다가 융단처럼 펼쳐 있다

이 세상 가장 작은
오, 오솔길의 창!

풍경 · 1

1

바람 난

복사나무

연지 찍고 곤지 찍고

시집가는 날

살 다 드러난 붉은 언덕에

댕그랑 댕그랑 혼자서 우는

비인 일요일

흙벽돌로 쌓아서 올린

서너 살 젖먹이 교회

장구 치고 북 치며 벌 날으는

꽃송이 가지 사이로

모처럼 일손 놓고

분홍 치맛자락

한 계단 한 계단 올라가고

조올다 누렁 강아지 눈비비니

꼬꼬 수탉이 암탉을

좇는 봄날

함푹 알을 품듯

하늘이 내려온다

2

보리도 달이 차

통통 배 오르니

우물가 앵두

절로 익네요

흰구름 너머

종달이

해종일 울고

물아래 뽕밭에선

쑥국쑥국 쑥국새

잃은 자식 찾네요

사금파리 찔레 덤불엔 꽃배암

똬리를 틀면

순아 울고 넘은 하얀 고개엔

뽀얀 아지랑이만 피네요

풍경 · 2

빈 방, 유리그릇
복숭아 한 알
통통한 여름의
햇살로 고인
물 언저리로
초가을 햇살이
어정거린다
너, 집이 있느냐
그렇게 묻는다
날카로운 칼이
집을 쓰고
말없이 그 옆에 눕는다
살내음,
빙글빙글 번지는
물무늬

한 방울 술로

손바닥만한 서정시에
나는 갇혀서
날다가 떨어진 이무기인가
접시물 사랑에
젊음은 갇혀
맨날 파닥거리는
거미줄 나비인가
세상은 넓고
어디나 길은 열려 있다는데
길도 없이 힘도 없이
골방에 갇혀
점자를 읽어가는 벌레가 되어
남 다 자는 한밤중
지렁이 울음 울고 있는가
뜨거운 바다여
바다의 불붙는 혀여
이 남은 한 방울 술로
피맺히도록 사막을 가로질러
가리라
이 붉은 한 방울 술로

살 다 해지도록 이 어둠 뚫고
가리라

어느 계산

너에게서
나를 빼면
낮달이다
낮달에다 나를 보태면
바다다 떠도는 섬이다

나에게
너를 보태면
꽃이다
꽃에다 너를 보태면
화염이다 불타는 벼랑이다

너를 나에게
나를 너에게
곱할 수도 나눌 수도
없는 저녁
눈물이 고인다

비

1

비가 온다

가을날

부음訃音처럼

마른 나무, 뼈만 남은 나무

묻힌 불씨, 가슴에

박힌다

못처럼

화살처럼

2

강 건너

지나가는

밤비

떠돌이의 소매를 적시는

가느다란 불빛

스러졌다 다시 살아나는

인간과 역사 탐색을 통해 자기 긍정에 이르는 깨끗한 시심
—『겨울의 꿈』에서『오두막 황제』에 이르기까지

유성호(문학평론가, 한양대학교 국문과 교수)

1. 우리 시단의 외롭고 높고 쓸쓸한 고처高處

조재훈趙載勳 시인은 1974년 다형茶兄 김현승金顯承 선생의 추천을 통해『한국문학』으로 등단하여, 최근까지 45년의 시력詩歷을 균질적으로 쌓아온 우리 시단의 원로이다. 충남 대전을 기반으로 하여 민주화 운동을 지속하였으며, 고도로 절제된 언어와 인간에 대한 철학적 사유 그리고 동시대의 현실에 대한 시적 개진으로 높은 평가를 받아왔다. 그동안 시인은『겨울의 꿈』(창작과비평사, 1984),『저문 날 빈 들의 노래』(청사, 1987),『물로 또는 불로』(한길사, 1991),『오두막 황제』(푸른사상, 2010) 등의 시집을 펴냈다. 보기 드문 과작寡作의 성취가 시인의 엄격함과 깨끗한 시심을 보여주는 듯하다. 일찍이 그에 대해서는 "어디 한 군데 보탤 것도 뺄 것도 남겨두지 않은 완벽주의자"(염무웅)의 성과라는 인물지적인 평가나 "그의 시에서 우리들의 스승인 다형 선생의 '절대고독'의 향기를 다시 맡게 되는 것은 결코 우연의 일이 아닌 것 같다."(이성부)라는 계보학적 평가가 있었다.

물론 조재훈의 작품 중에는 인간에 대한 긍정의 시선으로 삶의 애착을 노래한 시편들도 적지 않고, 전통 서정의 향기를 경험하게 하는 풍경 시편들도 상당수 있고, 동양 고전을 인유引喩하고 또 변형적으로 성찰해간 철학적 시편들도 많다. 그뿐만 아니라 동시대의 현실에 대해 직접적 발언을 감행하는 일종의 참여적 지절志節 시편들도 커다란 권역을 이루고 있다. 민중적 역사의식과 현실인식이 첨예한 육체를 이루고 있는 이러한 시편들은 듬직하고 은은하게 우리 시단의 외롭고 높고 쓸쓸한 고처高處를 형성하고 있다 할 것이다. 그렇게 조재훈의 시는 선 굵은 남성적 음역音域을 통해 우리 시단의 연성軟性 편향에 커다란 인지적, 정서적 충격을 준 세계였다고 할 수 있다. 그리고 이러한 인간과 역사 탐색의 결실은 한결같이 궁극적인 자기 긍정으로 이어져간다. 이 글에서는 그동안 그가 출간했던 네 권의 시집에서 빛을 뿌리는 범례들을 가려, 조재훈 시학의 경개景槪와 실질을 살펴보려고 한다.

2. 근대사를 살아온 인간 보편의 서사에 대한 상상력

조재훈의 초기 시는 두 가지의 시적 기율에 의해 움직인다. 그 하나는 넉넉하기 그지없는 관조적이고 역설적인 인식으로 세계를 파악함으로써 원숙하고도 깊이 있는 삶의 실상에 접근해가는 방법이고, 다른 하나는 역사와 현실을 넘어서는 견결하고 깨끗한 태도를 통해 시인 스스로 얻게 된 품격을 드러내는 방법이다. 이는 세상에 미만해 있는 폭력성과 속악성에 시인 나름으로 맞서는 방법이라고 할 수 있을 것이다. 그래서 우리가 그의 시를 읽는다는 것은, 정확하게 말해, 이러한 방법들이 이루어내는 시적 긴장에 동참하는 일이 아닐까 한다.

아닌 게 아니라 조재훈 시인은 경험적 구체성과 역사에 대한 신뢰를 일관되게 견지하면서, 사회 역사적 상상력과 시적 언어가 만나는 지점에서 자신의 사유와 감각을 드리운다. 삶의 구체성과 보편성을 하나로 관통하는 상상력의 통합 과정을 거치면서 궁극적인 자기 긍정에 가 닿는 것이다. 그의 시를 굵고 깊은 세계로 이끌어가는 원천적 힘이 바로 여기에 있을 것이다. 다음은 첫 시집 맨 앞에 실린 작품이다.

이승에 놓아 둔
무거운 빚을
아직 머리에 이고 계신가요
수척한 산등성이에
숨어 오셔서, 쩔룩쩔룩 숨어 오셔서
핏덩이로 남긴 막내가
배 다른 형제들 틈에 끼여
어떻게 섞여 크는가
수수깡 울타리 속에서
배곯지 않는가 보려고
핏기 없는 얼굴로
서성거리고 계시군요
뒷마을 대숲에
온종일 칼바람이 울고

우는 막내의 연 끝에
땀밴 은전 몇 닢을
놓고 계시군요

새벽닭 울 때마다 매양
안개 피어오르는 바다 위로
큰 기침하며 버선발로 오시던
우리 한울님을
여전히 모시고 계신가요
불 끄고 한밤중
홀로 눈물 삭히던 울음,
얼음 아래 나직이 들리고
집 나간 지아비 기둘려
발등 찍어 호미날에 묻어나던
복사꽃 상채기,
머언 연기로 보여요
빈 들이 잠들고
산 하나 경전經典처럼 누워 있는
무심한 이승에
모처럼 나들이 와 계신가요

—「겨울 낮달」 전문

조재훈 시인은 겨울에 잠시 모습을 드러낸 '낮달'에게 말을 건넨다. 수척한 산등성이에 숨어 핏기 없는 얼굴로 서성거리는 낮달이 "핏덩이로 남긴 막내가/배 다른 형제들 틈에 끼여/어떻게 섞여 크는가/수수깡 울타리 속에서/배곯지 않는가 보려고" 왔다고 함으로써, 낮달로 하여금 어느새 "이승에 놓아 둔/무거운 빚"을 찾아온 '어머니'의 형상을 띠게끔 한다. 뒷마을 대숲에 칼바람 우는 마을에 "막내의 연 끝에/땀밴 은전 몇 닢을/놓고" 있는 낮달은, 그만큼 "안개 피어오르는 바다 위로/큰 기침하며 버선발로 오시던/우리 한울님을/여전히 모시고" 계신 어머니가 된다. 한밤중 홀로 삭히던 울음을 거두지 못하고 "집 나간 지아비 기둘려/발등 찍어 호미날에 묻어나던/복사꽃 상채기"를 여전히 간직하고 계신 어머니는, 무심한 이승에 오셔서 수척한 눈물과 상처투성이의 시간을 정한情恨의 깊이로 되새기고 있는 것이다. 그래서 우리는 '겨울 낮달'이, 우리 근대사에 나타난 보편적 '어머니'의 형상을 견지하고 있음을 알 수 있다. 그것은 "이고 지고 빈손/사십 한평생/울다 간 울엄니"(「겨울산」)의 형상이기도 할 것인데, "영 너머/뻐꾹새 울음 번지는/낮달"(「낮달」)이라는 표현에서도 시인은 뻐꾹새 우는 산골의 사연을 담은 소재로 '낮달'을 차용함으로써 우리 역사의 보편적 서사를 이끌어내고 있는 것이다. 비록 슬픔과 아픔을 내장하고 있지만, 또렷한 역사적 실재를 은유하는 '겨울 낮달'의 이미지가 선연하기만 하다.

> 진달래 굽이굽이
> 피는 강이다
> 놀빛 울음이 타는
> 반도 들녘에

밟혀도 밟혀도
일어나는 쑥이다
보릿고개 넘어
옹기전에 옹기그릇 볼 부비듯
옹기종기 모여 살다가
세금에 쫓겨, 총칼에 쫓겨
왜국으로 징용가고
북간도로 달아나던
괴나리봇짐이다
숨어 산 속에서
석 달 열흘 배를 채우던
어머니가 눈물로 빚은
마른 떡이다
삼월서 사월로
쓰러진 피 다시 일어나는
아, 잠 못 드는 울음이다

—「아리랑」 전문

이 작품 역시 우리 근대사를 관류하는 보편적 정한의 모습을 잘 보여준다. '아리랑'이라는 제목 자체가 그러한 집체적 속성을 여지없이 예고해준다. "놀빛 울음이 타는/반도 들녘"에서 "밟혀도 밟혀도/일어나는 쑥"은 그 자체로 익숙한 민중적 생명력의 상징일 것이다. 보릿고개를 넘어 '세금/총칼'에 쫓겨서 왜국과 북간도로 징용 가고 달아난 '괴나리봇짐' 역시, 말할 것도 없이 이리저리 쫓겨

가면서도 생명력을 잃지 않았던 우리 이산(離散, diaspora)의 역사를 핍진하게 담고 있다. 여기서 "옹기전에 옹기그릇 볼 부비듯/옹기종기 모여 살다가"라는 표현은, 살가운 실감과 일종의 언어유희(pun)를 통해 한층 기억의 밀도를 높이고 있다. 또한 "산 속에서/석 달 열흘 배를 채우던/어머니가 눈물로 빚은/마른 떡"은 그러한 간난신고의 물리적 형상일 것이다. 그렇게 "삼월서 사월로/쓰러진 피 다시 일어나는" 때에 잠 못 드는 울음으로 들려오는 '아리랑'은, "천년을 천길의 땅 속에 묻혀 있는/씨알의 잠"(「겨울잠」)이 "지순至純의 부활"(「설일雪日」)을 이루는 역설을 그 안에 품은 채 차츰차츰 우리 삶으로 번져오고 있다.

밤은 납처럼 깊이 갈앉았다
미루나무 뽀얀 안개 속에서
잠든 마을은 아득하구나
어머니 눈물 한 점마저
깜빡이는 등잔불처럼 뒤채이는
허허로운 황토 위에
어둠을 두고
호올로 떠난다
거미줄로 얽힌 이씨네 김씨네 땅을 밟고
어느새 산모롱이에 올라서면
눈 붉은 원추리 한 채
땀에 전 논과 밭들은
배꼽을 드러내놓은 채 잠이 들고

잠든 것들은 더욱 잠들어
산에는 무덤만 느는구나
애삭이며 삭은 흙 위로
돌아오마
백골이 되어서라도
눈뜨고 돌아오마
잘 있거라, 잘 있거라

—「새벽」 전문

'새벽'이란 하루의 시작이기도 하지만, 어쩌면 생의 분기점에서 새로운 떠남을 환기하는 시간 형식인지도 모른다. 납처럼 깊이 갈앉은 밤, 아득하게 잠든 마을을 두고 누군가 "어머니 눈물 한 점마저/깜빡이는 등잔불처럼 뒤채이는/허허로운 황토 위에/어둠을 두고" 떠나고 있다. 산모롱이에 올라 "눈 붉은 원추리"처럼 마을을 바라보면서 홀로 떠나는 사람의 "백골이 되어서라도/눈뜨고 돌아오마/잘 있거라, 잘 있거라" 하는 굳은 다짐은, 끝내 돌아오지 못하는 이들의 이산 과정을 다시 한번 경험적으로 보여준다. 이처럼 조재훈 시인은 우리 민족 공동체가 겪었던 수많은 '떠남'의 서사를 통해 잡연雜然한 세사世事의 연쇄가 근대사의 어김없는 실상이었음을 채록하고 증언한다. 하지만 시인이 그것을 고발적 어조로 연결하는 것은 결코 아니다. 오히려 그는 그것들을 절묘하게 사람살이의 구체성과 결합시키는 능력을 일관되게 보여줌으로써, 절제된 목소리와 함께 보편적인 사람살이의 낱낱 맥락을 암시해주는 것이다.

갈라지는

밤의 옆구리에서

문풍지 운다

그 소리 따라가면

솔바람

파도 이는

웅달,

어머니 살아생전의

문안도 먼

깜박이는

차운 등잔불

서른의 사나이가 벌판을 헤맨다

벌판에 눈이 쌓이고, 유년의

숙제, 그리다 잠든 세계지도에

구약舊約의 마을에, 우랄산맥에

눈이 나리고

나리는 한가운데

노을처럼 석류가 익는다

차茶 끓듯 오르는 수액

한 개비 마지막

성냥이 탄다

캄부리아기紀로 빛나는

캄캄한 자궁

잠든 처마 아래

빗장이 걸린다

—「겨울의 꿈」 전문

첫 시집의 표제작이기도 한 이 작품은 그가 꾸는 '겨울의 꿈'이 결국 인간과 역사 탐색을 통해 궁극적인 자기 긍정에 이르는 길임을 알려준다. 깊은 겨울밤 문풍지 우는 소리를 따라 "깜박이는/차운 등잔불"이 어른거린다. 눈이 쌓이는 벌판을 헤매는 "서른의 사나이"는 "구약舊約의 마을"에 내리는 눈 한가운데서 노을처럼 석류가 익는 것을 바라본다. 청년 예수의 이미지를 차용한 이 표현은, "한 개비 마지막/성냥"이 타들어가고 "빛나는/캄캄한 자궁/잠든" 겨울밤이야말로 시인으로 하여금 "내 홀로 있음이, 홀로 있음이 아님을"(「부여행扶餘行 · 4」) 알게끔 해준다는 것을 드러낸다. 이렇게 조재훈의 시편에는 짙은 페이소스나 감상벽癖이 상당히 절제되어 있고, 현실을 관통하는 소재를 끌어올 때도 모든 사물이 상호연관성 아래 존재한다는 사유를 저버리지 않는다. 그래서 그의 시편은 표층적 형상으로는 사물의 본래면목本來面目을 파악할 수 없다는 근원 지향의 사유를 일관되게 보여주는 것이다.

이처럼 일차적으로 조재훈 시인이 들려주는 목소리는 우리 근대사를 살아온 인간 보편의 서사에 대한 상상력에서 발원한다. 사실 지난 세기의 우리 공동체는 가난과 분쟁과 폭력의 시대를 온몸으로 관통해왔다. 이에 대응하여 조재훈의 시는 인간을 왜곡하고 억압했던 현실에 대해 근원적인 비판의 목소리를 발하고 있다. 또한 그는 서정시의 시간 속성을 밀도 있게 담아내고 있는데, 자신의 시를 통해 사물 안에 깃들인 오랜 시간을 한결같이 응시하고 표현

하는 것이다. 그 점에서 그는 현실에 긴박되지 않고, 오히려 현실을 후경後景으로 전유하면서, 가장 근원적인 자기 긍정의 서사를 담아낸 장인匠人이었다고 할 수 있다. 조재훈의 첫 시집이 가지는 개성적 면모요, 1980년대 한복판에 우리 시단이 거둔 크나큰 수확이 아닐 수 없다.

3. 자기완성의 시쓰기, 공동체적 감각을 열어가는 언어

우리는 삶의 과정에서 몇 차례씩 퍽 선명하고도 절실한 존재 확인의 순간을 만나게 된다. 그것을 일러 '운명'이나 '섭리' 같은 불가피한 힘의 이름으로 부르기도 한다. 그때 사람들은 삶의 비의秘義를 직관하게 되고 어떤 정신적 고양을 경험하기도 한다. 때로 그것은 존재 생성의 활력으로 작용하기도 하고 암담한 추락의 계기를 던져주기도 한다. 조재훈의 시는 이러한 상승과 하강의 교차적 연쇄 속에서 우리의 삶이 이루어진다는 것, 그리고 시는 이러한 굴곡을 융기와 침잠의 정서로 반영하면서 씌어진다는 점을 분명하게 알려준다. 이때 우리는 조재훈이 운명과도 같은 삶의 고통을 통해 삶의 형식을 완성하려 하는 시인임을 알게 된다. 그 과정이 시 쓰기를 통해 이루어지는 것임을 달리 말해 무엇 하겠는가. 조재훈의 두 번째 시집 『저문 날 빈 들의 노래』는 이러한 '시인'으로서의 자기완성을 실현해가는 과정을 확연하게 보여준다. "눈 위에 눈물/그리운 이의 이름"(「눈 위에」)을 부르면서도 그들에게 "각각 떨리는/제 몫의 목숨"(「별別」)을 부여해가는 시인의 모습에서 우리는 진정한 언어의 사제司祭로서의 모습을 보게 되는 것이다.

흘러가는 물 위에

풀잎을 띄우나니

언덕은 노을

남녘으로 흐르는 물 위에

한 줌 풀잎을 뜯어

띄우고 또 띄우나니

산 그리매 잠기고

산골짜기에 등불 하나

하늘나라 오두막

깜박깜박 불이 켜지면

보고싶은 눈동자

물살이 되어, 꽃이 되어

멀어져 가고

그대 문전에서

돌아서던 날

손꼽아 세어 보던

나날을 묻어

쓴 잔을 들어 목을 축이듯

한 잎 한 잎

흘러가는 물 위에

가만히 풀잎을 띄우나니

가거라 모든 것

고개 너머 흘러서

잘 가거라

—「풀잎을 띄우며」 전문

시인은 혹독하고 찬연했던 겨울을 지나 흘러가는 물 위에 풀잎을 띄우는 봄을 맞았다. 남쪽으로 흐르는 물 위에 풀잎을 뜯어 띄울 때, 산 그림자도 잠기고 산골짜기에는 등불 하나가 하늘나라 오두막처럼 켜진다. 그때 "보고 싶은 눈동자"가 물살이 되어, 꽃이 되어, 차차 멀어져간다. 이렇게 누군가의 부재를 통해 이어오던 세월의 틈으로 시인은 "손꼽아 세어 보던/나날"을 묻고는 흘러가는 물 위에 가만히 풀잎을 띄우면서 "가거라 모든 것/고개 너머 흘러서/잘 가거라." 하면서 '부재로서의 현존'이라는 삶의 형식을 재차 완성하고자 한다. 그렇게 시인은 "그리운 이의/발자국 소리처럼"(「신년」) 다가오는 불가피한 시간의 흐름을 안아 들이면서 "흘러가는 강물의/가슴에 가슴을 대고/흐느낌을 들은"(「새벽강」) 선명한 경험을 우리에게 전해준다. 조재훈 시인은 이처럼 오래된 구체적 이미지의 기억을 통해, 현실의 시간에서 벗어나 자신이 고유하게 겪은 경험 내적 시간으로 귀환해간다. 외따로 떨어진 사물과 사물 사이에 일종의 유추적 연관이 형성되는 것도 이러한 그만의 기억이 작용하기 때문이다. 그리고 다음 시편은 그 완성의 의지가, 시인의 삶의 터전이기도 했던 '금강'이라는 대상을 통해 나타나게 되는 뜻깊은 실례일 것이다.

> 둥둥 북을 울리며,
> 새벽을 향하여 힘차게
> 능금빛 깃발 날리며,
> 앞으로 앞으로 달려가는
> 금강, 넌 우리의 강이다

산맥을 치달리던 마한의 말발굽 소리
흙을 목숨처럼 아끼던 백제의 손,
아스라히 머언 숨결이
달빛에 풀리듯 굽이쳐 흐른다

목수건 질끈 두른 흰옷의 설움과
가난한 골짜기마다 흘리는 땀방울들이
모이고 모여 고난의 땅을
부드럽게, 부드럽게 적시며 흐른다

흐르는 물이 마을의 초롱을 켜게 하고
모닥불과 두레가 또한 물을 흐르게 하는
하늘 아래 크낙한 어머니 핏줄
금강, 넌 우리의 강이다

그 누구, 강물의 흐느낌을 들은 일이 있는가
한밤중, 번쩍이며 뒤채이는 강의 가슴에 손을 얹어 보아라
해 설핏한 들길을 걸어본 자만,
듣는다 홀로 읽은 활자들이 일제히 일어서는 소리를

그 누구, 꿈틀대는 꿈을 동강낼 수 있는가
그 누구, 융융한 흐름을 얼릴 수 있는가
등성이에서 바라보면 넌 과거에서 오지만

발목을 담그면 청청한 현재, 열린 미래다

정직한 이마에 맺히는 이슬,
넘기는 페이지마다, 발자욱마다
들창이 열리고 산이 열리고
꽁꽁 얼어붙은 침묵이 열린다

둥둥 북을 울리며,
새벽을 향하여 힘차게
능금빛 깃발 날리며,
앞으로 앞으로 달려가는
금강, 넌 우리의 강이다

—「금강에게」 전문

'금강'이라는 시적 상징은 이미 신동엽申東曄의 선구적 사례가 있었지만, 조재훈은 거기에 더욱 절절하고 심미적인 형상을 덧입힌다. 그가 금강에 던지는 목소리는 둥둥 울리는 북소리와 함께 시작되는데, 새벽을 향해 힘차게 깃발 날리며 앞으로 달려가는 금강은 공동체적 경험과 문양을 함께 나눈 "우리의 강"으로 다가온다. 거기에는 "마한의 말발굽 소리"와 "백제의 손" 그리고 "아스라히 머언 숨결"이 굽이쳐 흐른다. 그 경험들을 확장하면 거기에는 "흰옷의 설움"과 "가난한 골짜기마다 흘리는 땀방울" 그리고 "고난의 땅을/부드럽게, 부드럽게 적시며 흐른" 시간이 있을 것이다. 그렇게 "하늘 아래 크낙한 어머니 핏줄"인 금강은 흐느끼며 뒤채이는 가슴을 가지며 "홀로 읽은 활자들이 일제히 일어서는 소리"를 품고 있다. "발목을 담그면 청청한 현재"이고 "열린 미래"이기도 한 '금강'은 얼어붙은 역사의 침묵을 하나 하나 열어간 것이다.

이처럼 조재훈의 두 번째 시집은 회감回感과 의지라는 정서적 구조를 통해 우리가 잃어버린 것들에 대한 인지적이고 정의적인 충격을 선사해간다. 물론 이러한 그의 시적 의도와 욕망이 우리 시의 존재론을 모두 설명할 수 있는 것은 아니다. 하지만 우리가 여전히 중요한 시적 경험으로서 회감과 의지를 강조할 수 있다면, 그것은 그 원리가 인간을 가장 근원적이고 궁극적인 관심으로 유도해갈 수 있기 때문일 것이다. 조재훈의 시는 시쓰기를 통한 자기 완성의 의지, 공동체적 감각을 열어가는 언어를 통해 '시인'으로서의 근원을 사유해간다. 그것이 강물에 띄우는 풀잎처럼, 유장하게 흐르는 금강처럼, 선명한 자국을 남긴 것이다.

4. 낡아가는 것에 대한 애착과 근원에 대한 섬세한 기억

조재훈의 세 번째 시집 『물로 또는 불로』는, 서정시를 통해 현실에서는 불가능한 존재 전환을 꿈꾸는 세계이다. 그때 그의 시를 읽는 우리는 일상적이고 물리적인 현실을 벗어나서 전혀 다른 곳으로 상상적 이동을 할 수 있게 된다. 그 순간 이루어지는 상상적 경험은, 사물에게로 원심적 확장을 수행했다가 다시 자신에게로 구심적 응축을 하는 과정을 하나 하나 밟아간다. 조재훈 시인은 서정시의 이러한 속성 곧 타자들로의 확산과 자신으로의 회귀를 동시에 꿈꾸면서, 삶이 견지해야 하는 정신적 태도나 자세에 대해 열정적으로 노래한다. 아닌 게 아니라 서정시의 본래적 기능은 삶에 대한 자세와 태도를 일인칭의 발화를 통해 드러내는 정직성과 깊이 연루되는 것이 아니겠는가. 그 점에서 『물로 또는 불로』는 “바른 것 사랑하는 뜨거운 마음 하나로”(「해바라기를 바라보며」) 써온 정직한 고백록이자, “더러는 붓이 되어/그리운 이의 가슴으로 천리 만리 달린”(「대밭에서」) 마음을 그려낸 깨끗한 사랑의 도록圖錄이기도 하다. “시인의 겸허하고 맑은 모습”(신경림)으로 씌어진 다음 시편을 한번 읽어보자.

슬픔이 아름답다고 하는 것은
아름다움이 아니다
그러나 어쩌랴
슬픔도 조히 십 년쯤은 걸려
옥이 되는 슬픔을
불면으로 지켜본다는 것은
아름다움이 아니고
또 무엇이랴
독한 슬픔은 불에 들어가도
재가 되지 않는다
흙에 들어가도
흙이 되지 않는다
슬픔은 요단강을 건너야
비로소 꽃이 핀다는 말은
정말이 아니다
가슴에 산을 품은

그대는 알 것이다
더러는 눈이 멀어야
세상의 끝이 환히 보이듯이
슬픔도 핏속에 들어가 한 십년쯤은
잘 견뎌야
부처의 사리처럼
빛이 되는 이치를
슬픔이 아름답다고 하는 것은
아름다움이 아니다
그러나 어쩌랴
세상이 다 날 속여도
사노라면 슬픔만한 아름다움이
또 어디 있으랴

—「아름다운 슬픔」 전문

우리는 조재훈의 미학적인 정서를 여기서 깊이 만날 수 있다. 슬픔의 심미성이라고 명명할 수 있는 이 아름다운 작품은, 슬픔이 그냥 '아름다움'이 아니라 "십 년쯤은 걸려/옥이 되는 슬픔을/불면으로 지켜본다는 것"이 '아름다움'이라는 전언으로 수렴되어간다. 나아가 슬픔의 독성은 불에 들어가도 재가 되지 않고, 흙에 들어가도 흙이 되지 않을 정도로 단단한 생명력을 가지고 있다고 시인은 노래한다. 그러니 "슬픔도 핏속에 들어가 한 십년쯤은/잘 견뎌야" 빛이 되는 이치를 보여주게 마련이 아니겠는가. 따라서 시인으로서는 "사노라면 슬픔만한 아름다움이/또 어디 있으랴."라고 노래

할 수 있었던 것이다. 그 '아름다운 슬픔'의 거소居所야말로 "불이었다가 재였다가/마침내 바람이 되는 곳"(「또 부여에 와서 · 2」)이고, "땀 흘리는 땅/그게 심이지."(「땅심」)라는 표현을 가능하게 한 마음의 본향이었을 것이다.

해질녘
집을 찾아 뿔뿔이 돌아가는
출출한 시간에
막걸리로 목을 축이는
기인 그림자
사람아
말없이 하루가 가고
또 말없이 하루를 보내는
정직한 이마,
사람을 아는 사람아
흙에서 태어나
다시 흙으로 돌아가는
한나절 짧은 삶을
힘껏 껴안는
사람아
기인 강둑 따라
아슬히 이어진 길을
혼자 걸으며
더러는 강심에다

작은 조약돌

던져보는 사람아

술처럼 끓어오르는 가슴에

코스모스 꽃잎이

피어나는

눈물 가득한

사람아

홀로 가는 사람아

—「사람아, 사람아」 전문

등피에 어리는

뽀오얀 입김인 듯

자욱한 안개

유리창 너머로

한 잔의 차를

정좌하고 바라본다

오래간만에 시계를 풀고

입술을 적시는 풀빛 향,

무등에서 보내준 한 모금

햇살이 환하다

젖은 낙엽이

나비처럼 창에 붙어

기웃거린다

이 쓸쓸하고 넉넉한

무량의 공간을

손을 씻어 두 손으로 받치며

무릎의 상처를

잠시 잊는다

—「무등차無等茶」 전문

이 두 편의 작품은 조재훈의 깨끗한 시심이 만들어낸 사유와 감각의 세련성 그리고 그 언어의 깊이를 남김없이 보여준다. 앞의 작품은 '사람'의 구체적 형상을 통해 인간 보편의 존재론을 노래한 시편이다. 그 '사람'은 모두 집을 찾아 돌아가는 시간에 "기인 그림자"를 끌며 가는 외로운 사람이고, 하루가 오고 가는 순간에 정직한 이마로 "사람을 아는 사람"이다. 흙에서 태어나 흙으로 돌아가는 "짧은 삶을/힘껏 껴안는/사람"이며, "강심에다/작은 조약돌/던져보는" 꿈꾸는 사람이다. 마침내 "끓어오르는 가슴에/코스모스 꽃잎이/피어나는/눈물 가득한" 그 '사람'은 결국 "홀로 가는 사람"이 된다. 고독과 정직과 뜨거움과 꿈과 눈물의 실존을 안고 묵묵히 살아가는 '사람'을 호명하면서, 조재훈 시인은 "꿈을 지니지 않고는 시인일 수 없다는 게 평소의 생각이다. 꿈은 미래의 현재화이다. 꿈이 뜨겁고 순결할수록 미래를 힘차게 현재로 만들며 거기에서 이른바 비전이 생겨난다. 그러한 힘이 없이 시를 쓰고, 그 밖의 문학 행위를 벌이는 것은 죄악이라고 나는 믿는다. 이런 생각이 변하지 않을 때까지 나는 시를 쓸 것이다."[1]라고 말할 수 있었던 것이다.

1 「시인의 말」, 『물로 또는 불로』(한길사, 1991)

뒤의 작품은 스승인 다형의 동명同名 작품과 관련해서 읽을 만하다. 김현승의 「無等茶」는 "가을은/술보다/차 끓이기 좋은 시절……"로 시작하여 선미禪味를 고아하게 형상화한 작품이다. 세상사의 번쇄한 욕망의 그림자를 '술'에다 붓고 그것을 메마르게 걸러낸 결정물을 '차'로 비유함으로써, 어느새 '외로움'은 그 자체로 '향기'를 내뿜는 것이 되어간다. 조재훈의 시편은 "등피에 어리는/뽀오얀 입김"처럼 자욱한 안개 속에서 "유리창 너머로/한 잔의 차를/정좌하고" 바라봄으로써 시작된다. "입술을 적시는 풀빛 향"은 그야말로 "무등에서 보내준 한 모금" 환한 햇살로 몸을 바꾼다. 젖은 낙엽이 나비처럼 유리창에 붙어 기웃거리는 가을, "쓸쓸하고 넉넉한/무량의 공간을/손을 씻어 두 손으로 받치며" 시인은 세상의 상처를 잠시 잊는다. 이는 낡아가는 것에 대한 각별한 애착과 그에 따른 근원에 대한 섬세한 기억을 통해 현실에서는 불가능한 존재 전환을 꿈꾸는 세계로 나아가는 순간을 보여준다. 여기서 우리는 일상에서 빚어진 상처와 어둠을 매우 예민한 감각으로 지워가는 시인의 감각을 만날 수 있고, 나아가 시의 오래된 본령인 경험적 실감의 중요한 사례를 접하게 된다. 아름답고 융융하고 가없다.

5. 가난한 충만함으로 펼쳐지는 시인의 존재론

원래 모든 서정시는 진정성 있는 고백과 자기 확인을 일차적 창작 동기로 삼는다. 비록 그것이 사회적 발언을 중심으로 한다고 하더라도, 그것은 철저히 시인 스스로의 다짐을 매개로 하여 토로 되는 것이다. 따라서 서정시의 저류底流에는 시인이 오랫동안 겪은 경험 가운데 가장 뿌리 깊은 기억의 층이 녹아 있게 마련이다. 그 시간의 깊은 지층에서 시인은 회상回想과 예기豫期를 동시에 치러내는 것이다. 조재훈 시인의 네 번째 시집이자 가장 근작近作이기도 한 『오두막 황제』는 한편으로는 "해 지는 벌판에 별빛 같은 마음의 평화"(「웨이밍호를 돌며 · 1」)를 보여주고, 한편으로는 "해지면 돌아와/둘러앉던 가난한 저녁 밥상"(「가난한 평화」)을 보여준다. 뿌리깊은 기억의 층을 통해 펼쳐지는 '시인'의 궁극적 존재론이 가난한 충만함으로 감싸여 있는 것이다.

한 사람을
불러볼 수 있다는 것은
고향이 아직 있다는 거다
연둣빛 의자에 앉아서
건너다보는 눈빛,
건널 수 없는
겨울강江이다.
목숨에 목숨을 포개려는
철없는 불꽃은
눈 속에서만 탈 뿐,
너라고 부르고 싶은
날이 있다
한 사람을 불러도
만날 수 없다는 것은
내가 아직 살아 있다는 거다

—「한 사람」 전문

이 산뜻하게 씌어진 가편佳篇은, 앞에서 본 「사람아, 사람아」의 주인공이 다시 한번 그 모습을 드러낸 결실로 읽힌다. 그 "한 사람을/불러볼 수 있다는 것"을 소중하게 여기는 시인은, 그 불러봄 자체가 아직 고향이 아직 있다는 증거임을 노래한다. "연둣빛 의자에 앉아서/건너다보는 눈빛"은 "건널 수 없는/겨울강江"인데, 그 깊은 심연에 "목숨에 목숨을 포개려는/철없는 불꽃"이 찬연하게 농울친다. "너라고 부르고 싶은/날"에 그 "한 사람을 불러도/만날 수 없다는 것"이 자신이 살아 있다는 증거임을 노래하는 시인의 마음은, 다시 한번 '부재로서의 현존'이라는 보편적 삶의 이치를 관조하는 시인의 시선이 "민들레 홀씨처럼/이 가지 저 가지로 옮겨 앉는/작은 새처럼"(「봄 · 2」) 나타난 것임을 알려준다. 그렇게 조재훈 시인은 "흙 속에 발목을 묻으며/말없이 사는/등 굽은 사람"(「그 사람」)을 줄곧 부르면서, "추녀 밑에 쪼그린/노오란 눈물"(「민들레」)을 자신의 시적 본령으로 애잔하게 끌어올리고 있다.

빈 들녘에
서 있는 작은 시간의
굽은 등
모락모락 말씀이 피어오르는
물 안 마을의
저, 두어 점 불빛은
누구의 것이냐
달그락달그락 설거지하는

돌모루 산등성이의
저 개밥별은
또 누구의 것이냐
풀벌레 울음 따르릉
따르릉 여울 이루는
어슬녘 낯선 마을에서
손을 씻는다
쫓아오는 미행의
흘러가는 섬머리에
하나 둘
날리는 잎들
마른 유형流刑의 꿈들

—「집 · 2 - 늦가을 저녁」 전문

시인은 "빈 들녘에/서 있는 작은 시간의/굽은 등"이 희미한 빛을 발하는 늦가을 저녁에, "모락모락 말씀이 피어오르는/물 안 마을의/저, 두어 점 불빛"을 바라보고 있다. "돌모루 산등성이의/저 개밥별"과 풀벌레 울음이 여울을 이루는 "어슬녘 낯선 마을에서/손을" 씻고 "흘러가는 섬머리에/하나 둘/날리는 잎들"은 저물어가는 시간과 함께 "마른 유형流刑의 꿈들"이 사는 '집'의 아늑함과 아득함을 함께 환기해준다. 조재훈 시의 깊은 낭만적 인생론이 여기 강렬하게 부조浮彫되고 있다. 그것은 '한 사람'이 궁극적으로 깃들일 '집'의 필연적인 실존적 경로를 암시한 결실이기도 할 것이다. 이렇게 조재훈의 근작에는 '온고溫故'의 정신으로 옛것을 기억하고 되살리려는 의지가 있고, 자유로움을 통한 '무위無爲'의 시학이 있고, "뜨거운 돌이 적敵의 이마에/날아가야 할 때"(「입동」)를 아는 현실 응시의 시선이 있다. 이 모든 것이 시를 통해 인간의 고전적 존재론에 닿으려는 그의 장인 정신을 드러낸 사례일 것이다.

결국 조재훈 근작의 핵심적 전언은 세계내적 존재로서의 인간의 삶이 가지는 슬픔 같은 것에 초점이 맞추어져 있다. 하지만 그러한 슬픔을 그는 우울한 비관주의로 노래하지 않는다. 오히려 그는 궁극적 자기 긍정으로 전화轉化할 수 있는 내적 계기들을 슬픔의 순간 안에 풍부하게 만들어놓는다. 예컨대 그것은, 사물들에 대한 외경과 삶의 보편적 형식에 대한 믿음 같은 것들을 통해 만들어진다. 그것이 바로 가난한 충만함으로 펼쳐지는 '시인'의 궁극적 존재론일 테니까 말이다.

6. 명불허전의 거장이 들려주는 깊고 우뚝한 세계

지금까지 읽어온 것처럼, 조재훈의 시를 추동하는 원천적 힘은 인간과 역사 탐색을 통해 자기 긍정에 이르는 깨끗한 시심에 있다. 시 쓰기라는 행위는 시인 자신의 나르시시즘이 그 일차적이고 근본적인 동기로 작용한다. 하지만 그 언어가 타자를 포괄하고 타자의 삶에 충격을 주지 못하는 한, 그것은 사면이 거울로 이루어진 방속에 갇힌 것처럼 무한반사운동을 하는 것에 불과할 것이다. 따라서 타자의 삶에 대한 관심, 그리고 그것을 공동체의 차원에서 사유하는 것은 서정시의 심층적 동기가 되어야 한다. 말할 것도 없이, 조재훈의 시는 이러한 서정시의 본령을 극점에서 심화하고 확장한 사례로 다가온다 할 것이다.

우리가 경험한 조재훈의 시에서 시간과 사물은 비록 유한자有限者의 속성을 띠고 있지만, 그것들은 인간의 오랜 사상적, 윤리적 지층을 재생산하는 '농부'와도 같은 귀중한 존재로 거듭난다. 이러한 작업은 변모하는 시류에 따라 갑작스럽게 몸을 바꾸는 것이 아니라 원로의 반열에 이르도록 꾸준히 자신의 세계를 심화시켜온 시인의 인문학적 상상력과 지속적 자기 성찰에서 우러나온다는 점에서 퍽 소중한 것일 터이다. 그렇게 조재훈 시인은 인간과 역사 탐색을 통해 그 왜소함을 치유하고 승화하는 '시인'의 존재론으로까지 확장해가면서, 자신에 대한 궁극적 긍정으로 새롭게 귀환하고 있다. 어찌 명불허전名不虛傳의 거장이 들려주는 깊고 우뚝한 세계가 아닐 수 있겠는가.

조재훈 문학선집 제2권
시선 Ⅱ

1판 1쇄 인쇄 2018년 8월 27일
1판 1쇄 발행 2018년 9월 17일

지은이 조재훈
펴낸이 임양묵
펴낸곳 솔출판사

편집 조소연 이신아
디자인 오주희 박민지
경영 및 마케팅 김형열
재무관리 이혜미 김용렬

주소 서울시 마포구 와우산로29가길 80(서교동) 4층
전화 02-332-1526
팩시밀리 02-332-1529
홈페이지 www.solbook.co.kr
이메일 solbook@solbook.co.kr
출판등록 1990년 9월 15일 제10-420호

ISBN 979-11-6020-057-7 (04810)
979-11-6020-055-3 (세트)

- 이 도서의 국립중앙도서관 출판예정도서목록(CIP)은 서지정보유통지원시스템 홈페이지(http://seoji.nl.go.kr)와 국가자료공동목록시스템(http://www.nl.go.kr/kolisnet)에서 이용하실 수 있습니다. (CIP제어번호:CIP2018024134)
- 잘못된 책은 구입한 곳에서 바꿔드립니다.
- 책값은 뒤표지에 표시되어 있습니다.